李箱選集

# 이상 선집

이상 지음

더스토리

## 차례

# 서(序)
## 이상의 모습과 예술

一

무슨 싸늘한 물고기와도 같은 손길이었다. 대리석처럼 흰 피부, 유난히 긴 눈사부랭이와 짙은 눈썹, 헙수룩한 머리할 것 없이, 구포가 꼭 만나게 하고 싶다던 사내는, 바로 젊었을 적 'D·H 로-랜스'의 사진 그대로인 사람이었다. 나는 곧 그의 비단처럼 섬세한 육체는, 결국 엄청나게 까다로운 그의 정신을 지탱하고 섬기기에 그처럼 소모된 것이리라 생각했다. 그가 경영한다느니 보다는 소일하는 찻집 '제비' 회칠한 사면 벽에는 '쥬르·뢰나르'의 〈에피그람〉이 몇 개 틀에 들어 걸려 있었다. 그러니까 이상과 구포와 나와의 첫 화제는 자연 불란서 문학, 그 중에도 시(詩)일 수밖에 없었고, 나중에는 '르네·크레르'의 영화, 〈단리〉의 그림에까지 미쳤던가 보다. 이상은 '르네·크레르'를 퍽 좋아하는 눈치다. 〈단리〉에게서는 어떤 정신적 혈록을 느끼는 듯도 싶었다. 1934년 여름 어느 오후, 내가 일하는 신문, 그날 편집이 끝난 바로 뒤의 일이었다. 피차가 나이에 대하여 무관심한 적이기는 했어도, 이상은 특히 나이하고는 관련이 없는 사람이었다. 스물넷인가 다섯이라는 젊은 토목기사는 제도와 관청 지위를 바로 팽개치고 그 대신 음악과 시와 그림을 산, 말하자면 서투른 흥정을 해버린지 얼마 안 되는 적이언만, 그 노숙한 풍모란 인생의 산전수전을 다 겪은 늙은이로도 당할 수 없었다.

게다가 그는 늘 인생의 테두리에서 한걸음만 비켜 서 있었던 것이다. 또 다른 의미에서는 그의 말대로 현실에 다소 지각하였거나 그렇지 않으면 현실이 그보다 늘 몇 시간 뒤떨어졌던 것이다. 그러므로 그는 나면서부터도 한 인생의 망명자였던 것이다. 그러니까 그의 본명은 김해경이면서도 공사장에서 어느 인부군이 그릇 '이상─'하고 부른 것을 존중하여 '이상(李箱)'이라고 해버려 두어도 상관없었다.

차마 타협할 수가 없는 더러운 세계와 현실의 등 뒤에 돌아서서 킥킥 웃어 주었으며 때로는 놀려주면서 달아나는 것이었다. 그러므로 그는 그의 시(詩) 속에 아무런 결론도 준비할 필요를 느끼지 않았던 것이다. 자연 그것에라도 필적할 '무관심'의 극치를 빼앗아 낸 예술이었다.

그의 〈오감도(烏瞰圖)〉가 신문 중앙일보 학예면에 며칠 계속해 실릴 적에 사람들은 가끔 나에게 향해서 마치 공범자나 연루자나 붙잡은 듯이 자못 쾌씸한 말씨로 '그게 대체 어쩌자는 시냐'고 힐난하곤 했다. 대체 〈조감도(鳥瞰圖)〉를 일부러 〈오감도(烏瞰圖)〉라고 오자(誤字)를 낸다는 것부터가 알 수 없는 노릇이 아니냐고, 신문사 교정부와 공장에서부터 말썽이었다. 그 신문 학예부의 그쪽의 책임자 상허(尙虛)*가 '사직원서'를 품고 우겨대는 열성이 아니었던들, 그 시는 그대로 계속되어 실리지도 못하고 말았을 것이다. 작자 이상은 그 경우에 도리어 자기보다 교정부 사람들의 불평을 그럴 법한 일이라고 치켜댔다. 그와 전후해서 지용(芝溶)이 주간하는 《카톨릭 청년》이라는 잡지에 이상의 시가 가끔 나타나곤 했다. 알고 보면 몹쓸 모독자의 시였으면서 이러한 신성한(?) 잡지에 은신하게 된 것은 지용의 시인다운 너그러운 '망또' 덕택이었다.

이상은 드높은 감정 때문에 극도로 뒤볶는 우리 시를 그 감정의 분별없는 투자에서 건져내려했던 것이었다. 아담한 온대(溫帶)가 야만한 제국주의의 유린을 받듯, 시가 소박하고 유치하고 지저분한 감정의 식민지가 되는 것을 그는 못마땅히 여겼던 것이다. 인생의 어떠한 격렬한 장면에서도 그의 시와 생리(生理)는, 늘 평균 체온보다 몇 분(分) 도리어 낮은 체감을 유지하고 싶었던 것이다.

그는 따라서 이러한 감정의 선동으로 해서 이루어지는 '리듬'의 변화에 전혀 의지하는, 재래의 작시법은 돌보지도 않고, 의미의 질량의 어떤 조화있는 배정에 의하여 구성하는 새로운 화

---

* 소설가 이태준의 호이다. 《시대일보》에 〈오몽녀〉로 등단했으며, 〈까마귀〉, 〈달밤〉 등의 단편 소설을 발표했다. 문학잡지 《문장》을 주관하다가 광복 후 월북했다.

술을 스스로 생각해 냈던 것이다.

二

　구인회에 빈자리가 생겨서 이상이 들어오게 된 것은 1934년 봄이었던가 한다. 모두가 다소 문단적 경력이랄까 한 것을 가지고 있었는데, 그러므로 보아서는 이상은 사정이 좀 달랐다. 그러나 한 번 들어온 후에는 전에는 반대하던 사람들까지도 어느새 그의 말솜씨의 심취자가 되었던 것이다. 모듬이 있을 적에는 언제고 이상과 구포가 회화의 주역이 되어가는 것을 어쩔 수가 없었고 간간이 지용이 편잔을 주는 정도였다. 그의 말은 그의 시와 방불해서, '무관심한 관심'의 극치를 터득한 사람의 언제고 초탈한 비평이었다. 부드러운 해학 속에도 어느덧 독설의 비수가 번적이는가 하면, 신랄한 역설의 밑에도 아늑한 따사롭기가 봄볕처럼 흐르는 것이었다.

　그가 세상 사람에게서 흔히 눈총을 맞게 된 것은 기사의 자리를 내친 뒤에 그가 관계한 사업이라고 하는 것이 찻집이 아니면 '카페'와 같은 좀 난잡한 방면이었던 때문이었다. 그러나 '카페'를 가장 나무라는 사람이 실은 가장 그런 데를 드나들기 좋아하는 사람이며, 도덕과 윤리를 이마빡에 뒤집어 붙이고 댕기는 부류일수록, 남 보지 않는 곳에서는 가장 도덕과 윤리의 얼굴에 흙칠을 하는 패인 것이 세상이 아니냐? 그러니까 그는 그들의 가면을 벗기면서 '꼴 좀 보자꾸나'고 기껏 놀려주고 싶었던 것이다. 정상한 직업을 가지고 정상한 생활을 하기에는, 그에게는 현실이란 것 자체가 도대체 우스꽝스럽고 무의미하기 짝이 없는 것이다. 또 이른바 '품행방정'에 속하지 못하는 그의 사생활을 나무라는 편도 없지 않았다. 인간과 세계가 비극이 아니라 차라리 희극으로밖에는 눈에 비치지 않는 그가, 예복을 입고 너울 쓴 색시 팔을 끼고 먼지 낀 종이꽃을 느린 속을 음해(音諧) 틀린 '웨딩마―치'에 가까스로 맞추어 걸어볼 흥미나 염치나 비위가 어떻게 있었을까 보냐? 그러면서도 그는 실상은 메마른 형식이 아니라 '절대의 애정'을 찾아 마지않는 한 '퓨리탄'이었던 것이다. 사실상 나는 이상의 사생활은 구포만치는 알지 못한다. 알려고도 하지 않았다. 소중한 것은 그의 천재였고, 세상 사람들의 속된 속살질이 아니었기 때문이다. 그보다도 내 관심을 끈 것은 그의 건강이었다. 세상에서 쓰는 화폐와는 종류가 다른 화폐를 쌓고 있는 그는, 건강이라든지 그런 것조차도 세상 사람의 속된 가치 체계에 속하는 것이라 하여 돌보려 들지 않는 듯했다. 불규칙하고 비위생적인 생활이 이 소중한 천재의 그나마 군건치 못한 육체를 너무 탕진할까봐 나는 속으로 걱정이었던 것이다.

이상은 그러므로 자기의 시와 꿈과 육체와 또 그 육체가 게 굴스러운 병균들의 무수한 주둥아리에 녹아들어가는 것조차를 거울 속에서 은근히 즐기고 있는, 저 '나르시쓰'의 일면을 가지고 있는 듯하다.

## 三

그러나 '나르시쓰'는 늘 거울 속의 제 얼굴에 취하여서만 살수가 없었다. 닫아 두어도 닫아두어도 그 거울 속에 쏟아져 들어오는 시대와 현실의 자욱한 티끌과 연기가 자꾸만 가의 시선을 빼앗곤 하는 것이었다. 미욱한 세계 그것을 놀려주는 제 자신의 재주에 취하는가 하면, 어느새 길들지 못하는 육중한 그 짐승이 가엾어지고 말기도 하는 것이다. 착한 사람들의 예를 벗어날 수 없이 이상도 또한 그지없이 슬픈 때가 많았다. 날개가 부스러 떨어진 귀양 온 천사는 한없이 슬펐다. 그러나 이러한 '아이러니'와 농질과 업신여김과 가엾이 여김과 슬픔은 또한 고약한 현실에 대한 순교자의 노염으로 변하곤 하는 것이었다. 말기적(末期的)인 현대문명에 대한 저 임리(淋漓)한 진단(시 〈단애(斷崖)〉—조선일보 연재—), 그리고 비둘(평화)의 학살자에 대한 준열한 고발(〈오감도·시 제12호〉), 착한 인간들의 피와 기름으로만 살이 쪄가는 오늘의 황금의 질서에 항의하는 억누를 수 없는 분노(〈지주회시〉, 〈권태〉)—그리하여 꽃 이파리 같은 '나르시쓰'는 점점 더 비통한 순교자의 노기를 띠어간 것이다.

# 四

어찌 보면 그가 시 대신에 소설을 쓴 것은 속된 독자층, 아니 너무나 상식적인 문단 그것과의 협력인지도 몰랐다. 사실 그의 시를 이단과 같이 돌리던 사람들조차 그의 소설에는 매우 흥미를 느낀 듯했다. 〈봉별기〉는 한 소품이려니와, 그 핏자국이 오히려 눈에 선한 〈지주회시〉의 고심 역작에 반해서 〈날개〉의 가벼운 애상이 더 사람들의 입맛에 닿았던 듯하다. 이상은 그리하여 〈날개〉의 일편으로 문단을 웅비(雄飛)하기 시작한 것이다. 그러나 그는 이러한 군중의 박수갈채 속에서도 실상은 호주머니 저 밑에 감추어 둔 그의 시고(詩稿)를 더 소중하게 주물러 보곤한 것이다.

1936년 겨울에 그는 불현 듯, 서울과 또 그의 지나간 생활 전부에 고별하고 그 대신 무슨 새 생활의 꿈을 품고 현해탄을 건너갔던 것이다. 좀 더 형편이 되었더면 물론 나와의 약속대로 파리로 갔을 것이다. 그의 이 탈주, 도망, 포기, 청산— 그러한 여러 가지 복잡한 동기를 가진 이 긴 여행은, 구태 찾는다면 '램보—'의 실종에라도 비길 것일까. 와 보았댔자 구주* 문명의 천박한 식민지인 동경 거리의 추잡한 모양과, 그중에서도 부박한 목조건축과, 철없는 '파시즘'의 탁류에 퍼붓는 욕만 잠뿍 쓴 편

---

* '유럽'의 옛 표기다.

지를 무시로 날리고 있던, 행색이 초라하고 모습이 수상한 '조선인'은 전쟁 음모와 후방 단속에 미쳐 날뛰던 일본 경찰에 그만 붙잡혀, 몇 달을 신전 경찰서 유치장에 들어 있었다. 그 안에서 그는 비로소 존경할 만한 일인지불운동자(日人地不運動者)들을 만났던 것이다. 워낙 건강을 겨우 부지하던 그가 캄캄한 굴방 속에서 먹을 것을 먹지 못하고 천대받는 동안에, 그 육체가 드디어 수습할 수 없이 되어서야, 경찰은 그를 그의 옛 하숙에 문자 그대로 담아다 팽개쳤던 것이다. 무명처럼 엷고 희어진 얼굴에 지저분한 검은 수염과 머리털, 뼈만 남은 몸뚱어리, 가쁜 숨결— 그런 속에서도 온갖 지상의 지혜와 총명을 두 낱 초점에 모은 듯한 그 무적한 눈만이, 사람에게는 물론 악마나 신에게조차 속을 리 없다는 듯이, 금강석처럼 차게 타고 있는 것이다. 그것은 인생과 조국과 시대와 그리고 인류의 거룩한 순교자의 모습이었다. '리베라'에 필적하는 또 하나 아름다운 '피에타'였다.

얼마 안 가 조국은 그가 낳은 이 한사람의 슬픈 천재의 시체를 묵묵히 받아들이고 만 것이다. 그리하여 지상은 그릇 이리로 망명해 온 '쥬피터'를 다시 추방하고 만 것이다. 그의 짧은 생애는 그러나 그가 남긴 예술에 의해서 드디어 시간을 초월할 수가 있었다. 그 속에서 우리는 겨우, 말할 수가 있다고 하면 '영원한 이상'의 얼굴을 무시로 쳐다보면서 그의 목소리를 듣고 있는 것이다. 그러나 이것으로도, 그가 그의 요절로하여 우리에게 남긴

너무나 큰 공허와 아까움의 천만분지의 일(一)도 지워주지 못하는 것을 어찌하랴?

1949. 3. 15.
김기림

창작

# 날개

'박제가 되어 버린 천재'를 아시오?

나는 유쾌하오. 이런 때 연애까지가 유쾌하오.

육신이 흐느적흐느적하도록 피로했을 때만 정신이 은화처럼 맑소. '니코틴'이 내 횟배 앓는 뱃속으로 스미면 머릿속에 의례히 백지가 준비되는 법이오. 그 위에다 나는 '위트'와 '패러독스'를 바둑 포석처럼 늘어놓소. 가증할 상식의 병이오.

나는 또 여인과 생활을 설계하오. 연애 기법에마저 서먹서먹해진 지성의 극치를 흘깃 좀 들여다본 일이 있는, 말하자면 일종의 정신분일자말이오. 이런 여인의 반—그것은 온갖 것의 반이오—만을 영수(領受)하는 생활을 설계한다는 말이오. 그런 생활 속에 한 발만 들여놓고, 흡사 두 개의 태양처럼 마주 쳐다보면서 낄낄거리는 것이오. 나는 아마 어지간히 인생의 제행이 싱거워서 견딜 수가 없게끔 되고 그만둔 모양이오, 굿빠이.

굿빠이. 그대는 이따금 그대가 제일 싫어하는 음식을 탐식하는 '아이러니'를 실천해 보는 것도 좋을 것 같소.

위트와 패러독스와…….

그대 자신을 위조하는 것도 할 만한 일이오. 그대의 작품은 한번도 본 일이 없는 기성품에 의하여 차라리 경편하고 고매하리다.

19세기는 될 수 있거든 봉쇄하여 버리오. '도스토예프스키' 정신이란 자칫하면 낭비인 것 같소. '위—고—'를 불란서의 빵 한 조각이라고는 누가 그랬는지 지언인 듯싶소. 그러나 인생 혹은 그 모형에 있어서 디테일 때문에 속는다거나 해서야 되겠소? 화를 보지 마오. 부디 그대께 고하는 것이니⋯⋯.

('테잎'이 끊어지면 피가 나오. 생채기도 머지않아 완치될 줄 믿소. 굳빠이)

감정은 어떤 '포-즈' (그 포즈의 원소만을 지적하는 것이 아닌지 나도 모르겠소) 그 '포즈'가 부동자세에까지 고도화할 때 감정은 딱 공급을 정지합네다.

나는 내 비범한 발육을 회고하여 세상을 보는 안목을 규정하였소.

여왕봉과 미망인— 세상의 하고 많은 여인이 본질적으로 이미 미망인 아닌 이가 있으리까? 아니! 여인의 전부가 그 일상에 있어서 개개 '미망인'이라는 내 논리가 뜻밖에도 여성에 대한 모독이 되오? 굳빠이.

그 33번지라는 것이 구조가 흡사 유곽이라는 느낌이 없지 않다.

한 번지에 열여덟 가구가 죽— 어깨를 맞대고 늘어서서 창호가 똑같고 아궁이 모양이 똑같다. 게다가 각 가구에 사는 사람들이 송이송이 꽃과 같이 젊다.

해가 들지 않는다. 해가 드는 것을 그들이 모른 체하는 까닭이다. 턱살밑에서 철줄을 매고 얼룩진 이부자리를 널어 말린다는 핑계로 미닫이에 해가 드는 것을 막아 버린다. 침침한 방 안에서 낮잠들을 잔다. 그들은 밤에는 잠을 자지 않나? 알 수 없다. 나는 밤이나 낮이나 잠만 자느라고 그런 것은 알 길이 없다.

33번지 열여덟 가구의 낮은 참 조용하다.

조용한 것은 낮뿐이다. 어둑어둑하면 그들은 이부자리를 걷어 들인다.

전등불이 켜진 뒤의 열여덟 가구는 낮보다 훨씬 화려하다. 저물도록 미닫이 여닫는 소리가 잦다.

바빠진다. 여러 가지 내음새가 나기 시작한다. 비웃 굽는 내, '탕고도—란 내', 뜨물 내, 비눗 내.

그러나 이런 것들보다도 그들의 문패가 제일로 고개를 끄덕이게 하는 것이다.

이 열여덟 가구를 대표하는 대문이라는 것이, 일각이 져서 외따로 떨어지기는 했으나 있다. 그러나 그것은 한번도 닫힌 일이 없는 행길이나 마찬가지 대문인 것이다. 온갖 장사치들은 하루

가운데 어느 시간에라도 이 대문을 통하여 드나들 수가 있는 것이다. 이네들은 문간에서 두부를 사는 것이 아니라 미닫이만 열고 방에서 두부를 사는 것이다.

이렇게 생긴 33번지 대문에 그들 열여덟 가구의 문패를 몰아다 붙이는 것은 의미가 없다. 그들은 어느 사이엔가 각 미닫이 위, 백인당(百忍堂)이니 길상당(吉祥堂)이니 써 붙인 한 곁에다 문패를 붙이는 풍속을 가져 버렸다.

내 방 미닫이 위, 한 곁에 칼표 딱지를 넷에다 낸 것 만한 내— 아니! 내 아내의 명함이 붙어 있는 것도 이 풍속을 좇은 것이 아닐 수 없다.

나는 그러나 그들의 아무와도 놀지 않는다. 놀지 않을 뿐만 아니라 인사도 않는다. 나는 내 아내와 인사하는 외에 누구와도 인사하고 싶지 않았다.

내 아내 외의 다른 사람과 인사를 하거나 놀거나 하는 것은, 내 아내 낯을 보아 좋지 않은 일인 것만 같이 생각이 들었기 때문이다. 나는 이만큼까지 내 아내를 소중히 생각한 것이다.

내가 이렇게까지 내 아내를 소중히 생각한 까닭은 이 33번지 열여덟 가구 가운데서 내 아내가 내 아내의 명함처럼 제일 작고 제일 아름다운 것을 안 까닭이다. 열여덟 가구에 각기 벌러 들은 송이송이 꽃들 가운데서도 내 아내는 특히 아름다운 한 떨기의 꽃으로, 이 함석지붕 밑 볕 안 드는 지역에서 어디까지든지 찬란하였다. 따라서 그런 한 떨기 꽃을 지키고—아니 그 꽃에 매어달려 사는 나라는 존재가 도무지 형언할 수 없는 거북살스러운 존재가 아닐 수 없었던 것은 물론이다.

나는 어디까지든지 내 방이—집이 아니다, 집은 없다— 마음에 들었다. 방 안의 기온은 내 체온을 위하여 쾌적하였고, 방 안의 침침한 정도가 또한 내 안력을 위하여 쾌적하였다. 나는 내 방 이상의 서늘한 방도, 또 따뜻한 방도 희망하지는 않았다. 이 이상으로 밝거나 이 이상으로 아늑한 방을 원하지 않았다. 내 방은 나 하나를 위하여 요만한 정도를 꾸준히 지키는 것 같아 늘 내 방에 감사하였고, 나는 또 이런 방을 위하여 이 세상에 태어난 것만 같아서 즐거웠다.

그러나 이것은 행복이라든가 불행이라든가 하는 것을 계산하는 것은 아니었다. 말하자면 나는 내가 행복되다고도 생각할 필요가 없었고, 그렇다고 불행하다고도 생각할 필요가 없었다. 그냥 그날그날을 그저 까닭 없이 펀둥펀둥 게을르고만 있으면 만사는 그만이었던 것이다.

내 몸과 마음에 옷처럼 잘 맞는 방 속에서 뒹굴면서, 축 쳐져 있는 것은 행복이니 불행이니 하는 그런 세속적인 계산을 떠난, 가장 편리하고 안일한, 말하자면 절대적인 상태인 것이다. 나는 이런 상태가 좋았다.

이 절대적인 내 방은 대문간에서 세어서 똑 일곱째 칸이다. '럭키 세븐'의 뜻이 없지 않다. 나는 이 일곱이라는 숫자를 훈장처럼 사랑하였다. 이런 이 방이 가운데 장지로 말미암아 두 칸으로 나누어 있었다는 그것이 내 운명의 상징이었던 것을 누가 알랴?

아랫방은 그래도 해가 든다. 아침결에 책보만 한 해가 들었다가 오후에 손수건만 해지면서 나가 버린다. 해가 영영 들지 않는 윗방이 즉 내 방인 것은 말할 것도 없다. 이렇게 볕드는 방이 아내 방이요 볕 안 드는 방이 내 방이오 하고 아내와 나 둘 중에 누가 정했는지 나는 기억하지 못한다.

그러나 나에게는 불평이 없다.

아내가 외출만 하면 나는 얼른 아랫방으로 와서 그 동쪽으로 난 들창을 열어 놓고 열어 놓으면 들여 비치는 볕살이 아내의 화장대를 비쳐, 가지각색 병들이 아롱이지면서 찬란하게 빛나고, 이렇게 빛나는 것을 보는 것은 다시없는 내 오락이다.

나는 조그만 '돋보기'를 꺼내 가지고 아내만이 사용하는 '지리가미'*를 그을어 가면서 불장난을 하고 논다. 평행광선을 굴절시켜서 한 초점에 모아가지고 그 초점이 따끈따끈 해지다가 마지막에는 종이를 그을르기 시작하고 가느다란 연기를 내이면서 드디어 구멍을 뚫어 놓는 데까지에 이르는 고 얼마 안 되는 동안의 초조한 맛이 죽고 싶을 만치 내게는 재미있었다.

---

* 일본어로 '휴지'를 뜻한다.

이 장난이 싫증이 나면 나는 또 아내의 손잡이 거울을 가지고 여러 가지로 논다. 거울이란 제 얼굴을 비칠 때만 실용품이다. 그 외의 경우에는 도무지 장난감인 것이다. 이 장난도 곧 싫증이 난다. 나의 유희심은 육체적인 데서 정신적인 데로 비약한다. 나는 거울을 내던지고 아내의 화장대 앞으로 가까이 가서 나란히 늘어 놓은 그 가지각색의 화장품 병들을 들여다본다.

고것들은 세상의 무엇보다도 매력적이다. 나는 그중의 하나만을 골라서 가만히 마개를 빼고 병 구멍을 내 코에 가져다 대이고 숨죽이듯이 가벼운 호흡을 하여 본다. 이국적인 '센슈얼'한 향기가 폐로 스며들면 나는 저절로 스르르 감기는 내 눈을 느낀다. 확실히 아내의 체취의 파편이다.

나는 도로 병마개를 막고 생각해 본다.

아내의 어느 부분에서 요 내음새가 났던가를……

그러나 그것은 분명치 않다. 왜? 아내의 체취는 여기 늘어섰는 가지각색 향기의 합계일 것이니까?

아내의 방은 늘 화려하였다. 내 방이 벽에 못 한 개 꽂히지 않은 소박한 것인 반대로 아내 방에는 천장 밑으로 쫙 돌려 못이 박히고 못마다 화려한 아내의 치마와 저고리가 걸렸다.

여러 가지 무늬가 보기 좋다. 나는 그 여러 조각의 치마에서 늘 아내의 동체와 그 동체가 될 수 있는 여러 가지 '포-즈'를 연상하고 연상하면서 내 마음은 늘 점잖지 못하다.

그렇건만 나에게는 옷이 없었다.

아내는 내게는 옷을 주지 않았다. 입고 있는 '코르덴' 양복 한 벌이 내 자리옷이었고, 통상복과 나들이옷을 겸한 것이었다. 그리고 '하이넥'의 '스웨터'가 한 조각 사철을 통한 내 내의다. 그것들은 하나같이 다 빛이 검다. 그것은 내 짐작 같아서는 즉 빨래를 될 수 있는 데까지 하지 않아도 보기 싫지 않도록 하기 위한 것이 아닌가 한다.

나는 허리와 두 가랑이 세 군데 다—고무 '밴드가' 끼어 있는 부드러운 '사루마다'를 입고 그리고 아무 소리 없이 잘 놀았다.

어느덧 손수건만 해졌던 볕이 나갔는데 아내는 외출에서 돌아오지 않는다.

나는 요만 일에도 좀 피곤하였고, 또 아내가 돌아오기 전에 내 방으로 가 있어야 될 것을 생각하고, 그만 내 방으로 건너간다. 내 방은 침침하다. 나는 이불을 뒤집어쓰고 낮잠을 잔다. 한 번도 걷은 일이 없는 내 이부자리는 내 몸뚱이의 일부분처럼 내게는 참 반갑다. 잠은 잘 오는 적도 있다. 그러나 또 전신이 까칫까칫하면서 영 잠이 오지 않는 적도 있다. 그런 때는 아무 제목으로나 제목을 하나 골라서 연구하였다. 나는 내 좀 축축한 이불 속에서 참 여러 가지 발명도 하였고 논문도 많이 썼다. 시도 많이 지었다. 그러나 그것들은 내가 잠이 드는 것과 동시에 내 방에 담겨서 철철 넘치는 그 흐늑흐늑한 공기에 다— 비누처럼 풀어져서 온데간데가 없고 한잠 자고 깨인 나는 속이 무명 헝겊이나 메밀껍질로 띵띵 찬 한 덩어리 베개와도 같은 한 벌

신경이었을 뿐이고 뿐이고 하였다.

그러기에 나는 빈대가 무엇보다도 싫었다. 그러나 내 방에서는 겨울에도 몇 마리씩의 빈대가 끊이지 않고 나왔다.

내게 근심이 있었다면, 오직 이 빈대를 미워하는 근심일 것이다.

나는 빈대에게 물려서 가려운 자리를 피가 나도록 긁었다. 쓰라리다. 그것은 그윽한 쾌감에 틀림없었다. 나는 혼곤히 잠이 든다.

나는 그러나 그런 이불 속의 사색 생활에서도 적극적인 것을 궁리하는 법이 없다. 내게는 그럴 필요가 대체 없었다.

만일 내가 그런 좀 적극적인 것을 궁리해 내었을 경우에 나는 반드시 내 아내와 의논하여야 할 것이고, 그러면 반드시 나는 아내에게 꾸지람을 들을 것이고, 나는 꾸지람이 무서웠다느니보다도 성가셨다. 내가 제법 한 사람의 사회인의 자격으로 일을 해 보는 것도 아내에게 사설 듣는 것도 나는 가장 게으른 동물처럼 게으른 것이 좋았다.

될 수만 있으면 이 무의미한 인간의 탈을 벗어 버리고도 싶었다.

나에게는 인간 사회가 스스로웠다.

생활이 스스러웠다. 모두가 서먹서먹할 뿐이었다.


아내는 하루에 두 번 세수를 한다.

나는 하루 한 번도 세수를 하지 않는다.

나는 밤중 세 시나 네 시해서 변소에 갔다. 달이 밝은 밤에는 한참씩 마당에 우두커니 섰다가 들어오곤 한다.

그러니까 나는 이 열여덟 가구의 아무와도 얼굴이 마주치는 일이 거의 없다.

그러면서도 나는 이 열여덟 가구의 젊은 여인네 얼굴들을 거반 다 기억하고 있었다. 그들은 하나같이 내 아내만 못하였다.

열한 시쯤 해서 하는 아내의 첫 번 세수는 좀 간단하다. 그러나 저녁 일곱 시쯤 해서 하는 두 번째 세수는 손이 많이 간다.

아내는 낮에 보다도 밤에 더 좋고 깨끗한 옷을 입는다. 그리고 낮에도 외출하고 밤에도 외출하였다.

아내에게 직업이 있었던가?

나는 아내의 직업이 무엇인지 알 수 없다. 만일 아내에게 직업이 없었다면, 같이 직업이 없는 나처럼 외출할 필요가 생기지 않을 것인데— 아내는 외출한다.

외출할 뿐만 아니라 내객이 많다.

아내에게 내객이 많은 날은 나는 온종일 내 방에서 이불을 쓰고 누워 있어야만 된다.

불장난도 못한다. 화장품 내음새도 못 맡는다. 그런 날은 나는 의식적으로 우울해 하였다. 그러면 아내는 나에게 돈을 준다. 오십 전짜리 은화다. 나는 그것이 좋았다. 그러나 그것을 무엇에 써야 옳을지 몰라서, 늘 머리맡에 던져두고 두고 한 것이,

어느 결에 모여서 꽤 많아졌다. 어느 날 이것을 본 아내는 금고처럼 생긴 벙어리를 사다 준다.

나는 한 푼씩 한 푼씩 고 속에 넣고, 열쇠는 아내가 가져갔다. 그 후에도 나는 더러 은화를 그 벙어리에 넣은 것을 기억한다. 그리고 나는 게을렀다. 얼마 후 아내의 머리 쪽에 보지 못하던 누깔잠이 하나 여드름처럼 돋았던 것은 바로 그 금고형 벙어리의 무게가 가벼워졌다는 증거일까. 그러나 나는 드디어 머리맡에 놓았던 그 벙어리에 손을 대이지 않고 말았다. 내 게으름은 그런 것에 내 주의를 환기시키기도 싫었다.

아내에게 내객이 있는 날은 이불 속으로 암만 깊이 들어가도 비오는 날 만큼 잠이 잘 오지 않았다. 나는 그런 때 아내에게는 왜 늘 돈이 있나, 왜 돈이 많은가를 연구했다.

내객들은 장지 저쪽에 내가 있는 것을 모르나 보다. 내 아내와 나도 좀 하기 어려운 농을 아주 서슴지 않고 쉽게 해 내던지는 것이다. 그러나 내 아내를 가운데 서너 사람의 내객들은 늘 비교적 점잖았다고 볼 수 있는 것이, 자정이 좀 지나면 의례히 돌아들 갔다. 그들 가운데에는 퍽 교양이 옅은 자도 있는 듯싶었는데 그런 자는 보통 음식을 사다 먹고 논다.

그래서 보충을 하고 대체로 무사하였다.

나는 우선 아내의 직업이 무엇인가를 연구하기에 착수하였다.

좁은 시야와 부족한 지식으로는 이것을 알아내기 힘이 든다.

나는 끝끝내 내 아내의 직업이 무엇인가를 모르고 말려나 보다.

아내는 늘 진솔 버선만 신었다.

아내는 밥도 지었다. 아내가 밥 짓는 것을 나는 한 번도 구경한 일은 없으나 언제든지 끼니때면 내 방으로 내 조석밥을 날라다 주는 것이다. 우리 집에는 나와 내 아내 외의 다른 사람은 아무도 없다.

이 밥은 분명히 아내가 손수 지었음에 틀림없다.

그러나 아내는 한번도 나를 자기 방으로 부른 일이 없다. 나는 늘 윗방에서 나 혼자서 밥을 먹고 잠을 잤다.

밥은 너무 맛이 없다. 반찬이 너무 엉성하였다. 나는 닭이나 강아지처럼 말없이 주는 모이를 넙적넙적 받아먹기는 했으나 내심 야속하게 생각한 적도 더러 없지 않다. 나는 안색이 여지없이 창백해 가면서 말라 들어갔다.

나날이 눈에 보이듯이 기운이 줄어들었다. 영양부족으로 하여 몸뚱이 곳곳이 뼈가 불쑥불쑥 내어 밀었다.

하룻밤 사이에도 수십 차를 돌쳐 눕지 않고는 여기저기가 배겨서 나는 배겨내일 수가 없었다.

그렇기 때문에 나는 내 이불 속에서 아내가 늘 흔히 쓸 수 있는 저 돈의 출처를 탐색해 보는 일편 장지 틈으로 새어나오는 아랫방의 음식은 무엇일까를 간단히 연구하였다.

나는 잠이 잘 안 왔다.

깨달았다. 아내가 쓰는 돈은 그 내게는 다만 실없는 사람들로 밖에 보이지 않는 까닭 모를 내객들이 놓고 가는 것에 틀림없으리라는 것을 나는 깨달았다.

그러나 왜 그들 내객은 돈을 놓고 가나, 왜 내 아내는 그 돈을 받아야 되나, 하는 예의 관념이 내게는 도무지 알 수 없는 것이었다.

그것은 그저 예의에 지나지 않는 것일까. 그렇지 않으면 혹 무슨 대가일까, 보수일까. 내 아내가 그들의 눈에는 동정을 받아야만 할 한 가엾은 인물로 보였던가.

이런 것들을 생각하노라면 의례히 내 머리는 그냥 혼란하여 버리고 버리고 하였다. 잠들기 전에 획득했다는 결론이 오직 불쾌하다는 것뿐이었으면서도 나는 그런 것을 아내에게 물어 보거나 한 일이 참 한 번도 없다. 그것은 대체 귀찮기도 하려니와 한잠 자고 일어나는 나는 사뭇 딴사람처럼 이것도 저것도 다 깨끗이 잊어버리고 그만 두는 까닭이다.

내객들이 돌아가고, 혹 밤 외출에서 돌아오고 하면 아내는 경편한 것으로 옷을 바꾸어 입고 내 방으로 나를 찾아온다. 그리고 이불을 들치고 내 귀에는 영 생동생동한 몇 마디 말로 나를 위로하려든다. 나는 조소(嘲笑)도 고소(苦笑)도 홍소(哄笑)도 아닌 웃음을 얼굴에 띠우고 아내의 아름다운 얼굴을 쳐다본다. 아내는 방그레 웃는다.

그러나 그 얼굴에 떠도는 일말의 애수를 나는 놓치지 않는다.

아내는 능히 내가 배고파하는 것을 눈치채일 것이다. 그러나 아랫방에서 먹고 남은 음식을 나에게 주려 들지는 않는다. 그것은 어디까지든지 나를 존경하는 마음일 것임에 틀림없다.

나는 배가 고프면서도 적이 마음이 든든한 것을 좋아했다.

아내가 무엇이라고 지껄이고 갔는지 귀에 남아 있을 리 없다. 다만 내 머리맡에 아내가 놓고 간 은화가 전등불에 흐릿하게 빛나고 있을 뿐이다.

고 금고형 벙어리 속에 은화가 얼마큼이나 모였을까. 나는 그러나 그것을 쳐들어 보지 않았다. 그저 아무런 의욕도 기원도 없이 그 단추 구멍처럼 생긴 틈바구니로 은화를 들여뜨려둘 뿐이었다.

왜 아내의 내객들이 아내에게 돈을 놓고 가나 하는 것이 풀 수 없는 의문인 것같이 왜 아내는 나에게 돈을 놓고 가나 하는 것도 역시 나에게는 똑같이 풀 수 없는 의문이었다. 내 비록 아내가 돈을 놓고 가는 것이 싫지 않았다 하더라도, 그것은 다만 고것이 내 손가락 닿는 순간에서부터 고 벙어리 주둥이에서 자취를 감추기까지의 하잘 것 없는 짧은 촉각이 좋았달 뿐이지 그이상 아무 기쁨도 없다.

어느 날 나는 고 벙어리를 변소에 갖다 넣어 버렸다. 그때 벙어리 속에는 몇 푼이나 되는지는 모르겠으나 고 은화들이 꽤 들어 있었다.

나는 내가 지구 위에 살며 내가 이렇게 살고 있는 지구가 질 풍신뢰의 속력으로 광대무변의 공간을 달리고 있다는 것을 생각했을 때 참 허망하였다.

나는 이렇게 부지런한 지구 위에서는 현기증도 날 것 같고 해서 한시바삐 내려 버리고 싶었다.

이불 속에서 이런 생각을 하고 난 뒤에는 나는 고 은화를 고 벙어리에 넣고 넣고 하는 것조차 귀찮아졌다.

나는 아내가 손수 벙어리를 사용하였으면 하고 희망하였다.

벙어리도 돈도 사실은 아내에게만 필요한 것이지 내게는 애초부터 의미가 전연 없는 것이었으니까 될 수만 있으면 그 벙어리를 아내는 아내 방으로 가져갔으면 하고 기다렸다.

그러나 아내는 가져가지 않는다.

나는 내 아내 방으로 가져다 둘까 하고 생각하여 보았으나 그 즈음에는 아내의 내객이 원체 많아서 내가 아내 방에 가 볼 기회가 도무지 없었다. 그래서 나는 하는 수 없이 변소에 갖다 집어넣어 버리고 만 것이다.

나는 서글픈 마음으로 아내의 꾸지람을 기다렸다. 그러나 아내는 끝내 아무 말도 나에게 묻지를 않았다.

않았을 뿐 아니라 여전히 돈은 돈대로 머리맡에 놓고 가지 않나?

내 머리맡에는 어느덧 은화가 꽤 많이 모였다.

내객이 아내에게 돈을 놓고 가는 것이나 아내가 내게 돈을 놓고 가는 것이나 일종의 쾌감— 그 외의 다른 아무런 이유도 없는 것이 아닐까 하는 것을 나는 또 이불 속에서 연구하기 시작하였다.

쾌감이라면 어떤 종류의 쾌감일까를 계속하여 연구하였다. 그러나 그것은 이불 속의 연구로는 알 길이 없었다.

쾌감 쾌감 하고 나는 뜻밖에도 이 문제에 대해서만 흥미를 느꼈다.

아내는 물론 나를 늘 감금하여 두다시피 하여 왔다. 내게 불평이 있을 리 없다.

그런 중에도 나는 그 쾌감이라는 것의 유무를 체험하고 싶었다.


나는 아내의 밤 외출 틈을 타서 밖으로 나왔다. 나는 거리에서 잊어버리지 않고 가지고 나온 은화를 지폐로 바꾼다.

오 원이나 된다. 그것을 주머니에 넣고 나는 목적지를 잃어버리기 위하여 얼마든지 거리를 쏘다녔다.

오래간만에 보는 거리는 거의 경이에 가까울 만치 내 신경을 흥분시키지 않고는 마지않았다. 나는 금시에 피곤하여 버렸다.

그러나 나는 참았다. 그리고 밤이 이슥하도록 까닭을 잊어버린 채 이 거리 저 거리로 지향 없이 헤매었다.

돈은 물론 한 푼도 쓰지 않았다. 돈을 쓸 아무 엄두도 나서지

않았다.

나는 벌써 돈을 쓰는 기능을 완전히 상실한 것 같았다.

나는 과연 피로를 이 이상 견디기가 어려웠다. 나는 가까스로 내 집을 찾았다.

나는 내 방으로 가려면 아내 방을 통과하지 아니하면 안 될 것을 알고 아내에게 내객이 있나 없나를 걱정하면서 미닫이 앞에서 좀 거북살스럽게 기침을 한 번 했더니 이것은 참 또 너무도 암상스럽게 미닫이가 열리면서 아내의 얼굴과 그 등 뒤에 낯설은 남자의 얼굴이 이쪽을 내다보는 것이다. 나는 별안간 내어 쏟아지는 불빛에 눈이 부셔서 좀 머뭇머뭇했다.

나는 아내의 눈초리를 못 본 것은 아니다. 그러나 나는 모른 체하는 수밖에 없었다. 왜? 나는 어쨌든 아내의 방을 통과하지 아니하면 안 되니까…….

나는 이불을 뒤집어썼다. 무엇보다도 다리가 아파서 견딜 수가 없었다.

이불 속에서는 가슴이 울렁거리면서 암만해도 까무러칠 것만 같았다.

걸을 때는 몰랐더니 숨이 차다. 등에 식은땀이 쭉 내배인다. 나는 외출한 것을 후회하였다. 이런 피로를 잊고 어서 잠이 들었으면 좋았다. 한잠 잘— 자고 싶었다.

얼마 동안이나 비스듬히 엎드려 있었더니 차츰차츰 뚝딱거리는 가슴 동기가 가라앉는다. 그만해도 우선 살 것 같았다.

나는 몸을 들쳐 반듯이 천장을 향하여 눕고 쭉— 다리를 뻗었다.

그러나 나는 또다시 가슴의 동기를 피할 수 없게 되었다. 아랫방에서 아내와 그 남자의, 내 귀에도 들리지 않을 만치 옅은 목소리로 소근거리는 기척이 장지 틈으로 전하여 왔던 것이다.

청각을 더 예민하게 하기 위하여 나는 눈을 떴다. 그리고 숨을 죽였다.

그러나 그때는 벌써 아내와 남자는 앉았던 자리를 툭툭 털며 일어섰고, 일어서면서 옷과 모자 쓰는 기척이 나는 듯하더니 이어 미닫이가 열리고 구두 뒤축 소리가 나고 그리고 뜰에 내려서는 소리가 쿵 하고 나면서 뒤를 따르는 아내의 고무신 소리가 두어 발자국 찍찍 나고 사뿐사뿐 나나 하는 사이에 두 사람의 발소리가 대문간 쪽으로 사라졌다.

나는 아내의 이런 태도를 본 일이 없다. 아내는 어떤 사람과도 결코 소근거리는 법이 없다. 나는 윗방에서 이불을 쓰고 누웠는 동안에도 혹 술이 취해서 혀가 잘 돌아가지 않는 내객들의 담화는 더러 놓치는 수가 있어도 아내의 높지도 얕지도 않은 말소리는 일찍이 한마디도 놓쳐 본 일이 없다. 더러 내 귀에 거슬리는 소리가 있어도 나는 그것이 태연한 목소리로 내 귀에 들렸다는 이유로 충분히 안심이 되었다. 그렇든 아내의 이런 태도는 필시 그 속에 여간하지 않은 사정이 있은 듯싶이 생각이 되고 내 마음은 좀 서운했으나 그러나 그보다도 나는 좀 너무 피로해서 오늘만은 이불 속에서 아무것도 연구치 않기로 굳게 결심하고 잠을 기다렸다. 잠은 좀처럼 오지 않았다.

대문간에 나간 아내도 좀처럼 들어오지 않았다. 그러는 동안에 흐지부지 나는 잠이 들어 버렸다. 꿈이 얼쭝덜쭝 종을 잡을 수 없는 거리의 풍경을 여전히 헤맸다.


나는 몹시 흔들렸다. 내객을 보내고 들어온 아내가 잠든 나를 잡아 흔드는 것이다. 나는 눈을 번쩍 뜨고 아내의 얼굴을 쳐다보았다. 아내의 얼굴에는 웃음이 없다. 나는 좀 눈을 비비고 아내의 얼굴을 자세히 보았다. 노기가 눈초리에 떠서 얇은 입술이 바르르 떨린다. 좀처럼 이 노기가 풀리기는 어려울 것 같았다.

나는 그대로 눈을 감아 버렸다.

벼락이 내리기를 기다린 것이다. 그러나 쌔근하는 숨소리가 나면서 푸시시 아내의 치맛자락 소리가 나고 장지가 여닫치며 아내는 아내 방으로 돌아갔다.

나는 다시 몸을 돌쳐 이불을 뒤집어쓰고는 개구리처럼 엎드리고 엎드려서 배가 고픈 가운데에도 오늘 밤의 외출을 또 한번 후회하였다.


나는 이불 속에서 아내에게 사죄하였다. 그것은 네 오해라고……

나는 사실 밤이 퍽으나 이슥한 줄만 알았던 것이다. 그것이

네 말따나 자정 전인 줄은 나는 정말이지 꿈에도 몰랐다. 나는 너무 피곤하였다. 오래간만에 나는 너무 많이 걸은 것이 잘못이다.

내 잘못이라면 잘못은 그것밖에는 없다. 외출은 왜 하였더냐고?

나는 그 머리맡에 저절로 모인 오 원 돈을 아무에게라도 좋으니 주어 보고 싶었던 것이다. 그뿐이다. 그러나 그것도 내 잘못이라면 나는 그렇게 알겠다.

나는 후회하고 있지 않나?

내가 그 오 원 돈을 써 버릴 수가 있었던들 나는 자정 안에 집에 돌아올 수 없었을 것이다. 그러나 거리는 너무 복잡하였고 사람은 너무도 들끓었다.

나는 어느 사람을 붙들고 그 오 원 돈을 내어 주어야 할지 갈피를 잡을 수가 없었다. 그러는 동안에 나는 여지없이 피곤해 버리고 말았던 것이다.

나는 무엇보다도 좀 쉬고 싶었다. 눕고 싶었다. 그래서 나는 하는 수 없이 집으로 돌아온 것이다. 내 짐작 같아서는 밤이 어지간히 늦은 줄만 알았는데 그것이 불행히도 자정 전이었다는 것은 참 안된 일이다. 미안한 일이다. 나는 얼마든지 사죄하여도 좋다. 그러나 종시 아내의 오해를 풀지 못하였다 하면 내가 이렇게까지 사죄하는 보람은 그럼 어디 있나? 한심하였다.

한 시간 동안을 나는 이렇게 초조하게 굴지 않으면 안 되었다.

나는 이불을 홱 젖혀 버리고 일어나서 장지를 열고 아내 방으로 비칠비칠 달려갔던 것이다. 내게는 거의 의식이라는 것이 없었다. 나는 아내 이불 위에 엎드러지면서 바지 포켓 속에서 그 돈 오 원을 꺼내 아내 손에 쥐어 준 것을 간신히 기억할 뿐이다.

이튿날 잠이 깨었을 때 나는 내 아내 방 아내 이불 속에 있었다. 이것이 이 33번지에서 살기 시작한 이래 내가 아내 방에서 잔 맨 처음이었다.

해가 들창에 훨씬 높았는데 아내는 이미 외출하고 벌써 내 곁에 있지는 않다. 아니! 아내는 엊저녁 내가 의식을 잃은 동안에 외출한 것인지도 모른다.

그러나 나는 그런 것을 조사하고 싶지 않았다. 다만 전신이 찌뿌드드한 것이 손가락 하나 꼼짝할 힘조차 없었다.

책보보다 좀 작은 면적의 볕이 눈이 부시다. 그 속에서 수없는 먼지가 흡사 미생물처럼 난무한다. 코가 콱 막히는 것 같다. 나는 다시 눈을 감고 이불을 푹 뒤집어쓰고 낮잠을 자기에 착수하였다.

그러나 코를 스치는 아내의 체취는 꽤 도발적이었다.

나는 몸을 여러 번 여러 번 비비 꼬면서 아내의 화장대에 늘어선 고 가지각색 화장품 병들과 고 병들이 마개를 뽑았을 때 풍기던 내음새를 더듬느라고 좀처럼 잠은 들지 않는 것을 나는 어찌하는 수도 없었다.

견디다 못하여 나는 그만 이불을 걷어차고 벌떡 일어나서 내 방으로 갔다. 내 방에는 다 식어빠진 내 끼니가 가지런히 놓여 있는 것이다.

아내는 내 모이를 여기다 두고 나간 것이다. 나는 우선 배가 고팠다. 한 숟갈을 입에 떠 넣었을 때 그 촉감은 참 너무도 냉회와 같이 써늘하였다.

나는 숟갈을 놓고 내 이불 속으로 들어갔다. 하룻밤을 비어 때린 내 이부자리는 나를 맞아 준다. 나는 내 이불을 뒤집어쓰고 이번에는 참 늘어지게 한잠 잤다. 잘—.

내가 잠을 깨인 것은 전등이 켜진 뒤다. 그러나 아내는 아직도 돌아오지 않았나 보다.

아니— 돌아왔다 또 나갔는지도 알 수 없다. 그러나 그런 것을 상고하여 무엇하나!

정신이 한결 난다. 나는 지난밤 일을 생각해 보았다. 그 돈 오 원을 아내 손에 쥐어 주고 넘어졌을 때에 느낄 수 있었던 쾌감을 나는 무엇이라고 설명할 수가 없었다. 그러나 내객들이 내 아내에게 돈 놓고 가는 심리며 내 아내가 내게 돈 놓고 가는 심리의 비밀을 나는 알아내인 것 같아서 여간 즐거운 것이 아니다.

나는 속으로 빙그레 웃어 보았다.

이런 것을 모르고 오늘까지 지내 온 내 자신이 어떻게 우스꽝스러워 보이는지 몰랐다. 나는 어깨춤이 났다.

따라서 나는 또 오늘밤에도 외출하고 싶었다. 그러나 돈이 없다. 나는 엊저녁에 그 돈 오 원을 한꺼번에 아내에게 주어 버린 것을 후회하였다. 또 고 벙어리를 변소에 갖다 처넣어 버린 것도 후회하였다. 나는 실없이 실망하면서 습관처럼 그 돈 오 원이 들어 있던 내 바지 포켓에 손을 넣어 한번 휘둘러보았다. 뜻밖에도 내 손에 쥐여지는 것이 있었다. 이 원밖에 없다. 그러나 많아야 맛은 아니다. 얼마간이고 있으면 된다. 나는 그만한 것이 여간 고마운 것이 아니었다.

나는 기운을 얻었다. 나는 그 단벌 다 떨어진 코르텐 양복을 걸치고 배고픈 것도 다 잊어버리고 활갯짓을 하면서 또 거리로 나섰다. 나서면서 나는 제발 시간이 화살 닫듯 해서 자정이 어서 홱 지나 버렸으면 하고 조바심을 태웠다. 아내에게 돈을 주고 아내 방에서 자 보는 것은 어디까지든지 좋았지만 만일 잘못해서 자정 전에 집에 들어갔다가 아내의 눈총을 맞는 것은 그것은 여간 무서운 일이 아니었다.

나는 저물도록 길가 시계를 들여다보고 들여다보고 하면서 또 지향 없이 거리를 방황하였다. 그러나 이날은 좀처럼 피곤하지는 않았다. 다만 시간이 좀 너무 더디게 가는 것만 같아서 안타까웠다.


경성역 시계가 확실히 자정을 지난 것을 본 뒤에 나는 집을 향하였다.

그날은 그 일각대문에서 아내와 아내의 남자가 이야기하고

섰는 것을 만났다.

나는 모른 체하고 두 사람 곁을 지나서 내 방으로 들어갔다. 뒤이어 아내도 들어왔다. 와서는 이 밤중에 평생 안 하던 쓰레질을 하는 것이었다. 조금 있다가 아내가 눕는 기척을 엿듣자마자 나는 또 장지를 열고 아내 방으로 가서 그 돈 이 원을 아내 손에 덥석 쥐어 주고 그리고— 하여간 그 이 원을 오늘 밤에도 쓰지 않고 도로 가져 온 것이 참 이상하다는 듯이 아내는 내 얼굴을 몇 번이고 엿보고— 아내는 드디어 아무 말도 없이 나를 자기 방에 재워 주었다. 나는 이 기쁨을 세상의 무엇과도 바꾸고 싶지는 않았다. 나는 편히 잘 잤다.

이튿날도 내가 잠이 깨었을 때는 아내는 보이지 않았다. 나는 또 내 방으로 가서 피곤한 몸이 낮잠을 잤다. 내가 아내에게 흔들려 깨었을 때는 역시 불이 들어온 뒤였다. 아내는 자기 방으로 나를 오라는 것이다.

이런 일은 또 처음이다. 아내는 끊임없이 얼굴에 미소를 띠우고 내 팔을 이끄는 것이다. 나는 이런 아내의 태도 이면에 엔간치 않은 음모가 숨어 있지나 않은가 하고 적이 불안을 느끼지 않을 수 없었다.

나는 아내의 하자는 대로 아내의 방으로 끌려갔다. 아내 방에는 저녁 밥상이 조촐하게 차려져 있는 것이다. 생각하여 보면 나는 이틀을 굶었다. 나는 지금 배고픈 것까지도 긴가민가 잊어버리고 어름어름하던 차다.

나는 생각하였다. 이 최후의 만찬을 먹고 나자마자 벼락이 내려도 나는 차라리 후회하지 않을 것을. 사실 나는 인간 세상이 너무나 심심해서 못 견디겠던 차다. 모든 일이 성가시고 귀찮았으나 그러나 불의의 재난이라는 것은 즐거웁다.

나는 마음을 턱 놓고 조용히 아내와 마주 이 해괴한 저녁밥을 먹었다.

우리 부부는 이야기하는 법이 없었다.

밥을 먹은 뒤에도 나는 말이 없이 그냥 부시시 일어나서 내 방으로 건너가 버렸다. 아내는 나를 붙잡지 않았다.

나는 벽에 기대어 앉아서 담배를 한 대 피워 물고 그리고 벼락이 떨어질 테거든 어서 떨어져라 하고 기다렸다.

오 분! 십 분!

그러나 벼락은 내리지 않았다. 긴장이 차츰 늘어지기 시작한다.

나는 어느덧 오늘 밤에도 외출할 것을 생각하고 있었다. 돈이 있었으면 하고 생각하고 있었다.

그러나 돈은 확실히 없다. 오늘은 외출하여도 나중에 올 무슨 기쁨이 있나. 나는 앞이 그냥 아뜩하였다. 나는 화가 나서 이불을 뒤집어쓰고 이리 뒹굴 저리 뒹굴 굴렀다. 금시 먹은 밥이 목으로 자꾸 치밀어 올라온다. 메스꺼웠다.

하늘에서 얼마라도 좋으니 왜 지폐가 소낙비처럼 퍼붓지 않나. 그것이 그저 한없이 야속하고 슬펐다.

나는 이렇게밖에 돈을 구하는 아무런 방법도 알지는 못했다.
나는 이불 속에서 좀 울었나 보다. 돈이 왜 없느냐면서…….

그랬더니 아내가 또 내 방에를 왔다. 나는 깜짝 놀라 아마 이
제서야 벼락이 내리려나 보다 하고 숨을 죽이고 두꺼비 모양으
로 엎데어 있었다. 그러나 떨어진 입으로 새어 나오는 아내의
말소리는 참 부드러웠다. 정다웠다.

아내는 내가 왜 우는지를 안다는 것이다. 돈이 없어서 그렇는
게 아니란다.

나는 실없이 깜짝 놀랐다. 어떻게 저렇게 사람의 속을 환―하
게 들여다보는고 해서 나는 한편으로 슬그머니 겁도 안 나는 것
은 아니었으나 저렇게 말하는 것을 보면 아마 내게 돈을 줄 생
각이 있나 보다. 만일 그렇다면 오죽이나 좋은 일일까. 나는 이
불 속에 뚤뚤 말린 채 고개도 들지 않고 아내의 다음 거동을 기
다리고 있으니까 엣소― 하고 내 머리맡에 내려뜨리는 것은 그
가뿐한 음향으로 보아 지폐에 틀림없었다. 그리고 내 귀에다 대
이고 오늘 올랑 어제보다도 좀 더 늦게 돌아와도 좋다고 속삭이
는 것이다.

그것은 어렵지 않다. 우선 그 돈이 무엇보다도 고맙고 반가
웠다.

어쨌든 나섰다. 나는 좀 야맹증이다. 그래서 될 수 있는 대로
밝은 거리로 골라서 돌아다니기로 했다. 그리고는 경성역 일 ·

이등 대합실 한켠 '티―룸'에를 들렀다.

그것은 내게는 큰 발견이었다.

거기는 우선 아무도 아는 사람이 안 온다. 설사 왔다가도 곧 들 가니까 좋다.

나는 날마다 여기 와서 시간을 보내리라 속으로 생각하여 두었다.

제일 여기 시계가 어느 시계보다도 정확하리라는 것이 좋았다. 섣불리 서투른 시계를 보고 그것을 믿고 시간 전에 집에 돌아갔다가 큰 코를 다쳐서는 안 된다.

나는 한 '박스'에 아무것도 없는 것과 마주 앉아서 잘 끓은 커피를 마셨다.

총총 한가운데 여객들은 그래도 한 잔 커피가 즐거운가 보다.

얼른얼른 마시고 무얼 좀 생각하는 것같이 담벼락도 좀 쳐다보고 하다가 곧 나가버린다. 서글프다. 그러나 내게는 이 서글픈 분위기가 거리의 티―룸들의 그 거추장스러운 분위기보다는 절실하고 마음에 들었다. 이따금 들리는 날카로운 혹은 우렁찬 기적 소리가 '모차르트'보다도 더 가깝다. 나는 '메뉴'에 적힌 몇 가지 안 되는 음식 이름을 치읽고 내리읽고 여러 번 읽었다. 그것들은 아물아물한 것이 어딘가 내 어렸을 때 동무들 이름과 비슷한 데가 있었다.

거기서 얼마나 내가 오래 앉았는지 정신이 오락가락하는 중에 객이 슬며시 뜸―해지면서 이 구석 저 구석 걷어치우기 시작하는 것을 보면 아마 닫을 시간이 된 모양이다. 열한 시가 좀 지났구나, 여기도 결코 내 안주의 곳은 아니구나.

어디 가서 자정을 넘길까 두루 걱정을 하면서 나는 밖으로 나섰다. 비가 온다.

빗발이 제법 굵은 것이 우비도 우산도 없는 나를 고생을 시킬 작정이다.

그렇다고 이런 괴이한 풍모를 채리고 이 '홀—'에서 어물어물하는 수는 없고 예이 비를 맞으면 맞았지 하고 그냥 나서 버렸다.

대단히 선선해서 견딜 수가 없다.

'코르덴' 옷이 젖기 시작하더니 나중에는 속속들이 스며들면서 치근거린다.

비를 맞아 가면서라도 견딜 수 있는 데까지 거리를 돌아다녀서 시간을 보내려 하였으나 인제는 선선해서 이 이상은 더 견딜 수가 없다. 오한이 자꾸 일어나면서 이가 딱딱 맞부딪는다.

나는 걸음을 재치면서 생각하였다.

오늘 같은 궂은 날도 아내에게 내객이 있을라구 없겠지 하는 생각이 드는 것이다.

집으로 가야겠다. 아내에게 불행히 내객이 있거든 내 사정을 하리라. 사정을 하면 이렇게 비가 오는 것을 눈으로 보고 알아주겠지.

부리나케 와 보니까 그러나 아내에게는 내객이 있었다. 그래서 나는 보면 아내가 좀 덜 좋아할 것을 그만 보았다.

나는 너무 춥고 척척해서 얼떨김에 '노크' 하는 것을 잊었다.

나는 갑 발자죽 같은 발자죽을 내이면서 덤벙덤벙 아내 방을 디디고 그리고 내 방으로 가서 쭉 빠진 옷을 활활 벗어 버리고 이불을 뒤썼다. 덜덜덜덜 떨린다.

오한이 점점 더 심해 들어온다.

여전 땅이 꺼져 들어가는 것만 같았다.

나는 그만 의식을 잃어버리고 말았다.

이튿날 내가 눈을 떴을 때 아내는 내 머리맡에 앉아서 제법 근심스러운 얼굴이다.

나는 감기가 들었다. 여전히 으시시 춥고 또 골치가 아프고 입에 군침이 도는 것이 쌉쌀하면서 다리팔이 척 늘어져서 노곤하다.

아내는 내 머리를 쓱 짚어 보더니 약을 먹어야지 한다. 아내 손이 이마에 선뜩한 것을 보면 신열이 어지간한 모양인데 약을 먹는다면 해열제를 먹어야지 하고 속생각을 하자니까 아내는 따뜻한 물에 하얀 정제약 네 개를 준다. 이것을 먹고 한잠 푹— 자고 나면 괜찮다는 것이다. 나는 널름 받아먹었다. 쌉싸름한 것이 짐작 같아서는 아마 '아스피린'인가 싶다.

나는 다시 이불을 쓰고 단번에 그냥 죽은 것처럼 잠이 들어 버렸다.

나는 콧물을 훌쩍훌쩍 하면서 여러 날을 앓았다. 앓는 동안에 끊이지 않고 그 정제약을 먹었다. 그러는 동안에 감기도 나았다. 그러나 입맛은 여전히 소태처럼 썼다. 나는 차츰 또 외출하고 싶은 생각이 났다. 그러나 아내는 나더러 외출하지 말라고 일르는 것이다. 이 약을 날마다 먹고 그리고 가만히 누워 있으라는 것이다.

공연히 외출을 하다가 이렇게 감기가 들어서 저를 고생을 시키는 게 아니냔다. 그도 그렇다. 그럼 외출을 하지 않겠다고 맹세하고 그 약을 연복하여 몸을 좀 보해 보리라고 나는 생각하였다.

나는 날마다 이불을 뒤집어쓰고 밤이나 낮이나 잤다. 유난스럽게 밤이나 낮이나 졸려서 견딜 수 가 없는 것이다.

나는 이렇게 잠이 자꾸만 오는 것은 내가 몸이 훨씬 튼튼해진 증거라고 굳게 믿었다.

나는 아마 한 달이나 이렇게 지냈나 보다. 내 머리와 수염이 좀 너무 자라서 후틋해서 견딜 수가 없어서 내 거울을 좀 보리라고 아내가 외출한 틈을 타서 나는 아내 방으로 가서 아내의 화장대 앞에 앉아 보았다. 상당하다.

수염과 머리가 참 산란하였다.

오늘은 이발을 좀 하리라고 생각하고 겸사겸사 고 화장품 병을 마개를 뽑고 이것저것 맡아 보았다. 한동안 잊어버렸던 향기 가운데서는 몸이 배배 꼬일 것 같은 체취가 전해 나왔다. 나는 아내의 이름을 속으로만 한 번 불러 보았다.

'연심이―' 하고,

오래간만에 돋보기 장난도 하였다. 거울 장난도 하였다. 창에 든 볕이 여간 따뜻한 것이 아니었다. 생각하면 오월이 아니냐.

나는 커다랗게 기지개를 한 번 켜보고 아내 베개를 내려 베고 벌떡 자빠져서는 이렇게도 편안하고 즐거운 세월을 하느님께 흠씬 자랑하여 주고 싶었다.

하느님도 아마 나를 칭찬할 수도 처벌할 수도 없는 것 같다.

그러나 다음 순간 실로 세상에도 이상스러운 것이 눈에 띄었다.

그것은 최면약 '아달린' 갑이었다.

나는 그것을 아내의 화장대 밑에서 발견하고 그것이 흡사 '아스피린'처럼 생겼다고 느꼈다. 나는 그것을 열어 보았다.

똑 네 개가 비었다.

나는 오늘 아침에 네 개의 아스피린을 먹은 것을 기억하고 있었다.

나는 잤다. 어제도 그제도 그끄제도― 나는 졸려서 견딜 수가 없었다. 나는 감기가 다 나았는데도 아내는 내게 아스피린을 주었다. 내가 잠이 든 동안에 이웃에 불이 난 일이 있다. 그때에도 나는 자느라고 몰랐다. 이렇게 나는 잤다.

나는 아스피린으로 알고 그럼 한 달 동안을 두고 아달린을 먹어 온 것이다.

이것은 좀 너무 심하다. 별안간 아뜩하더니 하마터면 나는 까무러칠 뻔하였다. 나는 그 아달린을 주머니에 넣고 집을 나섰다. 그리고 산을 찾아 올라갔다.

인간 세상의 아무것도 보기가 싫었던 것이다.

걸으면서 나는 아무쪼록 아내에 관계되는 일은 일체 생각하지 않도록 노력하였다. 길에서 까무러치기 쉬우니까.

나는 어디라도 양지가 바른 자리를 하나 골라 자리를 잡아가지고 서서히 아내에 관하여서 연구할 작정이었다.

나는 길가의 돌창 핀 구경도 못한 진개나리꽃, 종달새, 돌멩이도 새끼를 까는 이야기, 이런 것만 생각하였다.

다행히 길가에서 나는 졸도하지 않았다. 거기는 벤치가 있었다. 나는 거기 정좌하고 그리고 그 아스피린과 아달린에 관하여 연구하였다. 그러나 머리가 도무지 혼란하여 생각이 체계를 이루지 않는다. 단 오 분이 못가서 나는 그만 귀찮은 생각이 버쩍 들면서 심술이 났다.

나는 주머니에서 가지고 온 아달린을 꺼내 남은 여섯 개를 한꺼번에 질경질경 씹어 먹어 버렸다. 맛이 익살맞다. 그러고 나서 나는 그 벤치 위에 가로 기다랗게 누웠다. 그저 그러고 싶었다. 나는 게서 그냥 깊이 잠이 들었다. 잠결에도 바위틈으로 흐르는 물소리가 졸졸 하고 언제까지나 귀에 어렴풋이 들려 왔다.

내가 잠을 깨었을 때는 날이 환—히 밝은 뒤다. 나는 거기서 일주야를 잔 것이다. 풍경이 그냥 노오랗게 보인다.

그 속에서도 나는 번개처럼 아스피린과 아달린이 생각났다.

아스피린, 아달린, 아스피린, 아달린.

맑스, 말사스, 마도로스, 아스피린, 아달린.

아내는 한 달 동안 아달린을 아스피린이라고 속이고 내게 멕였다.

그것은 아내 방에서 이 아달린 갑이 발견된 것으로 미루어 증거가 너무나 확실하다.

무슨 목적으로 아내는 나를 밤이나 낮이나 재웠어야 됐나?

나를 밤이나 낮이나 재워 놓고 그리고 아내는 내가 자는 동안에 무슨 짓을 했나? 나를 조금씩 조금씩 죽이려던 것일까? 그러나 또 생각하여 보면 내가 한 달을 두고 먹어 온 것은 아스피린이었는지도 모른다. 아내는 무슨 근심되는 일이 있어서 밤이면 잠이 잘 오지 않아서 정작 아내가 아달린을 사용한 것이나 아닌지.

그렇다면 나는 참 미안하다. 나는 아내에게 이렇게 큰 의혹을 가졌다는 것이 참 안됐다.

나는 그래서 부리나케 거기서 내려왔다. 아랫도리가 홰홰 내어 저이면서 어찔어찔한 것을 나는 겨우 집을 향하여 걸었다. 여덟 시 가까이었다.

나는 내 잘못 든 생각을 죄다 일러바치고 아내에게 사죄하려는 것이다.

나는 너무 급해서 그만 또 말을 잊어버렸다.

그랬더니 이건 참 큰일 났다.

나는 내 눈으로는 절대로 보아서 안 될 것을 그만 딱 보아 버리고 만 것이다.

나는 얼떨결에 그만 냉큼 미닫이를 닫고 그리고 현기증이 나는 것을 진정시키느라고 잠깐 고개를 숙이고 눈을 감고 기둥을 짚고 섰자니까 일 초 여유도 없이 홱 미닫이가 다시 열리더니 매무새를 풀어헤친 아내가 불쑥 내밀면서 내 멱살을 잡는 것이다. 나는 그만 어지러워서 게가 그냥 나둥그러졌다. 그랬더니 아내는 넘어진 내 위에 덮치면서 내 살을 함부로 물어뜯는 것이다. 아파 죽겠다. 나는 사실 반항할 의사도 힘도 없어서 그냥 넓적 엎드려 있으면서 어떻게 되나 보고 있자니까 뒤이어 남자가 나오는 것 같더니 아내를 한 아름에 덥썩 안아 가지고 방으로 들어가는 것이다. 아내는 아무 말 없이 다소곳이 그렇게 안겨 들어가는 것이 내 눈에 여간 미운 것이 아니다. 밉다.

아내는 너 밤새어 가면서 도적질하러 다니느냐, 계집질하러 다니느냐고 발악이다. 이것은 참 너무 억울하다.

나는 어안이 벙벙하여 도무지 입이 떨어지지를 않았다. 너는 그야말로 나를 살해하려든 것이 아니냐고 소리를 한 번 꽥 질러 보고도 싶었으나 그런 긴가민가한 소리를 섣불리 입 밖에 내었다가는 무슨 화를 볼는지 알 수 있나. 차라리 억울하지만 잠자코 있는 것이 우선 상책인 듯싶이 생각이 들길래 나는 이것은 또 무슨 생각으로 그랬는지 모르지만 툭툭 떨고 일어나서 내

바지 포켓 속에 남은 돈 몇 원 몇 십 전을 가만히 꺼내서는 몰래 미닫이를 열고 살며시 문지방 밑에다 놓고 나서는 나는 그냥 줄달음박질을 쳐서 나와 버렸다.

여러 번 자동차에 치일 뻔하면서 나는 그래도 경성역으로 찾아갔다.

빈자리와 마주 앉아서 이 쓰디쓴 입맛을 거두기 위하여 무엇으로나 입가심을 하고 싶었다.

커피! 좋다. 그러나 경성역 홀-에 한걸음을 들여 놓았을 때 나는 내 주머니에는 돈이 한 푼도 없는 것을, 그것을 깜박 잊었던 것을 깨달았다. 또 아득하였다. 나는 어디선가 그저 맥없이 머뭇머뭇하면 서 어쩔 줄을 모를 뿐이었다.

얼빠진 사람처럼 그저 이리 갔다 저리 갔다 하면서…….

나는 어디로 어디로 들입다 쏘다녔는지 하나도 모른다. 다만 몇 시간 후에 내가 '미쓰꼬시' 옥상에 있는 것을 깨달았을 때는 거의 대낮이었다.

나는 거기 아무 데나 주저앉아서 내 자라 온 스물여섯 해를 회고하여 보았다.

몽롱한 기억 속에서는 이렇다는 아무 제목도 불그러져 나오지 않았다.

나는 또 내 자신에게 물어 보았다.

너는 인생에 무슨 욕심이 있느냐고.

그러나 있다고도 없다고도 그런 대답은 하기가 싫었다. 나는 거의 나 자신의 존재를 인식하기조차도 어려웠다.

허리를 굽혀서 나는 그저 금붕어를 들여다보고 있었다. 금붕어는 참 잘들도 생겼다. 작은 놈은 작은 놈대로 큰 놈은 큰 놈대로 다— 싱싱하니 보기 좋았다.

내려 비치는 오월 햇살에 금붕어들은 그릇 바탕에 그림자를 내려뜨렸다.

지느러미는 하늘하늘 손수건을 흔드는 흉내를 내인다. 나는 이 지느러미 수효를 세어 보기도 하면서 굽힌 허리를 좀처럼 펴지 않았다. 등어리가 따뜻하다.

나는 또 오락의 거리를 내려다보았다. 거기서는 피곤한 생활이 똑 금붕어 지느러미처럼 흐늑흐늑 허비적거렸다. 눈에 보이지 않는 끈적끈적한 줄에 엉켜서 헤어나지들을 못한다.

나는 피로와 공복 때문에 무너져 들어가는 몸뚱이를 끌고 그 오락의 거리 속으로 섞여 들어가지 않는 수도 없다 생각하였다.

나서서 나는 또 문득 생각하여 보았다. 이 발길이 지금 어디로 향하여 가는 것인가를…….

그때 내 눈앞에는 아내의 모가지가 벼락처럼 내려 떨어졌다.

아스피린과 아달린.

우리들은 서로 오해하고 있느니라. 설마 아내가 아스피린 대신에 아달린의 정량을 나에게 멕여 왔을까?

나는 그것을 믿을 수는 없다.

아내가 그럴 대체 까닭이 없을 것이니, 그러면 나는 날밤을

새면서 도적질을 계집질을 하였나? 정말이지 아니다.

우리 부부는 숙명적으로 발이 맞지 않는 절름발이인 것이다. 내가 아내나 제 거동에 '로직'을 붙일 필요는 없다.

변해할 필요도 없다. 사실은 사실대로, 오해는 오해대로, 그저 끝없이 발을 절뚝거리면서 세상을 걸어가면 되는 것이다. 그렇지 않을까?

그러나 나는 이 발길이 아내에게로 돌아가야 옳은가 이것만은 분간하기가 좀 어려웠다. 가야하나?

그럼 어디로 가나?

이때 뚜—하고 정오 사이렌이 울었다. 사람들은 모두 네 활개를 펴고 닭처럼 푸드덕거리는 것 같고 온갖 유리와 강철과 대리석과 지폐와 잉크가 부글부글 끓고 수선을 떨고 하는 것 같은 찰나.

그야말로 현란을 극한 정오다.

나는 불현듯이 겨드랑이가 가렵다.

아하, 그것은 내 인공의 날개가 돋았던 자국이다. 오늘은 없는 이 날개.

머릿속에서는 희망과 야심의 말소된 페이—지가 '딕셔너리' 넘어가듯 번뜩였다.

나는 걷던 걸음을 멈추고 그리고 어디 한번 이렇게 외쳐 보고 싶었다.

날개야 다시 돋아라.

날자, 날자, 날자, 한 번만 더 날자꾸나.

한 번만 더 날아 보자꾸나.

1936.9《조광》

# 봉별기(逢別記)

1

스물세 살이오— 삼월이오— 각혈이다. 여섯 달 잘 기른 수염을 하루 면도칼로 다듬어 코밑에다만 나비만큼 남겨 가지고 약한 제 지어 들고 B라는 신개지(新開地) 한적한 온천으로 갔다. 게서 나는 죽어도 좋았다.

그러나 이내 아직 기를 펴지 못한 청춘이 약탕관을 붙들고 늘어져서는 날 살리라고 보채는 것은 어찌하는 수가 없다. 여관 한등(寒燈) 아래 밤이면 나는 억울해 했다.

사흘을 못 참고 기어 나는 여관 주인 영감을 앞장 세워 밤에 장고(長鼓) 소리 나는 집으로 찾아갔다. 게서 만난 것이 금홍(錦紅)이다.

"몇 살인구?"

체대(體大)가 비록 풋고추만 하나 깡그라진 계집이 제법 맛이 맵다. 열여섯 살? 많아야 열아홉 살이지 하고 있자니까

"스물한 살이에요."

"그럼 내 나인 몇 살이나 돼 뵈지?"

"글세, 마흔? 서른아홉?"

나는 그저 흥! 그래 버렸다. 그리고 팔짱을 떡 끼고 앉아서는 더욱더욱 점잖은 체했다. 그냥 그날은 무사히 헤어졌건만—

이튿날 화우(畵友) K 군이 왔다. 이 사람인즉 나와 농(弄)하는 친구다. 나는 어쩌는 수 없이 그 나비 같다면서 달고 다니던 코밑수염을 아주 밀어 버렸다. 그리고 날이 저물기가 급하게 또 금홍이를 만나러 갔다.

"어디서 뵌 어른 같은데."

"엊저녁에 왔던 수염 난 양반 내가 바로 아들이지. 목소리까지 닮았지?"

하고 익살을 부렸다. 주석(酒席)이 어느덧 파(罷)하고 마당에 내려서다가 K 군의 귀에 대이고 나는 이렇게 속삭였다.

"어때? 괜찮지? 자네 한번 얼러 보게."

"관두게, 자네가 얼러보게."

"어쨌든 여관으로 껄구 가서 짱껭뽕을 해서 정허기루 허세나."

"거 좋지."

그랬는데 K 군은 측간에 가는 체하고 피해 버렸기 때문에 나는 부전승으로 금홍이를 이겼다. 그날 밤에 금홍이는 금홍이는 경산부(經産婦)* 라는 것을 감추지 않았다.

"언제?"

---

* 아이를 낳은 경험이 있는 여자를 뜻한다.

"열여섯 살에 머리 얹어서 열일곱 살에 낳았지."

"아들?"

"딸."

"어딨나?"

"돌만에 죽었어."

지어 가지고 온 약은 집어치우고 나는 전혀 금홍이를 사랑하는 데만 골몰했다. 못난 소린 듯하나 사랑의 힘으로 각혈이 다 멈췄으니까—

나는 금홍이에게 노름채를 주지 않았다. 왜? 날마다 밤마다 금홍이가 내 방에 있거나 내가 금홍이 방에 있거나 했기 때문에—

그 대신—

우(禹)라는 불란서 유학생의 유치랑(遊治郎)을 나는 금홍이에게 권하였다. 금홍이는 내 말대로 우 씨와 더불어 '독탕(獨湯)'에 들어갔다. 이 '독탕'이라는 것은 좀 음란한 설비였다. 나는 이 음란한 설비 문간에 나란히 벗어 놓은 우 씨와 금홍이 신발을 보고 언짢아하지 않았다.

나는 또 내 곁방에 와 묵고 있는 C라는 변호사에게도 금홍이를 권하였다. C는 내 열성에 감동되어 하는 수 없이 금홍이 방을 범했다.

그러나 사랑하는 금홍이는 늘 내 곁에 있었다. 그리고 우, C, 등등에게서 받은 십 원 지폐를 여러 장 꺼내 놓고 어리광 섞어

내게 자랑도 하는 것이었다.

그러자 나는 백부님 소상 때문에 귀경(歸京)하지 않으면 안 되게 되었다. 복숭아꽃이 만발하고 정자 곁으로 석간수(石澗水)가 졸졸 흐르는 좋은 터전을 한 군데 찾아가서 우리는 석별(惜別)의 하루를 즐겼다. 정거장에서 나는 금홍이에게 십 원 지폐 한 장을 쥐어 주었다. 금홍이는 이것으로 전당(典當) 잡힌 시계를 찾겠다고 그러면서 울었다.


2

금홍이가 내 아내가 되었으니까 우리 내외는 참 사랑했다. 서로 지나간 일은 묻지 않기로 하였다. 과거래야 내 과거가 무엇 있을 까닭이 없고 말하자면 내가 금홍이 과거를 묻지 않기로 한 약속이나 다름없다.

금홍이는 겨우 스물한 살인데 서른한 살 먹은 사람보다도 나았다. 서른한 살 먹은 사람보다도 나은 금홍이가 내 눈에는 열일곱 살 먹은 소녀로만 보이고 금홍이 눈에 마흔 살 먹은 사람으로 보인 나는 기실 스물세 살이오 게다가 주책이 좀 없어서 똑 여남은살 먹은 아이 같다. 우리 내외는 이렇게 세상에도 없이 현란(絢爛)하고 아기자기하였다.

부질없는 세월이—

일 년이 지나고 팔월, 여름으로는 늦고 가을로는 이른 그 북새통에—

금홍이에게는 예전 생활에 대한 향수가 왔다.

나는 밤이나 낮이나 누워 잠만 자니까 금홍이에게 대하여 심심하다. 그래서 금홍이는 밖에 나가 심심치 않은 사람들을 만나 심심치 않게 놀고 돌아오는—

즉 금홍이의 협착한 생활이 금홍이의 향수를 향하여 발전하고 비약하기 시작하였다는 데 지나지 않는 이야기다.

그런데 이번에는 내게 자랑을 하지 않는다. 않을 뿐만 아니라 숨기는 것이다.

이것은 금홍이로서 금홍이답지 않은 일일밖에 없다. 숨길 것이 있나? 숨기지 않아도 좋지. 자랑을 해도 좋지.

나는 아무 말도 하지 않는다. 나는 금홍이 오락의 편의를 돕기 위하여 가끔 P 군 집에 가 잤다. P 군은 나를 불쌍하다고 그랬던가시피 지금 기억된다.

나는 또 이런 것을 생각하지 않았던 것도 아니다. 즉 남의 아내라는 것은 정조를 지켜야 하느니라고!

금홍이는 나를 내 나태한 생활에서 깨우치게 하기 위하여 우정 간음하였다고 나는 호의로 해석하고 싶다. 그러나 세상에 흔히 있는 아내다운 예의를 지키는 체해 본 것은 금홍이로서 말하자면 천려(千慮)의 일실(一失)이 아닐 수 없다.

이런 실없는 정조를 간판 삼자니까 자연 나는 외출이 잦았고 금홍이 사업에 편의를 돕기 위하여 내 방까지도 개방하여 주었다. 그러는 중에도 세월은 흐르는 법이다.

하루 나는 제목 없이 금홍이에게 몹시 얻어맞았다. 나는 아파서 울고 나가서 사흘을 들어오지 못했다. 너무도 금홍이가 무서웠다.

나흘 만에 와보니까 금홍이는 때 묻은 버선을 웃목에다 벗어놓고 나가버린 뒤였다.

이렇게도 못나게 홀아비가 된 내게 몇 사람의 친구가 금홍이에 관한 불미한 가십을 가지고 와서 나를 위로하는 것이었으나 종시 나는 그런 취미를 이해할 도리가 없었다.

버스를 타고 금홍이와 남자는 멀리 과천 관악산으로 가는 것을 보았다는데 정말 그렇다면 그 사람은 내가 쫓아가서 야단이나 칠까봐 무서워서 그런 모양이니까 퍽 겁쟁이다.


3

인간이라는 것은 임시 거부하기로 한 내 생활이 기억력이라는 민첩한 작용을 하지 않았기 때문에 두 달 후에는 나는 금홍이라는 성명 석 자까지도 말쑥하게 잊어버리고 말았다. 그런 두절된 세월 가운데 하루 길일을 복(卜)하여 금홍이가 왕복엽서처럼 돌아왔다. 나는 그만 깜짝 놀랐다.

금홍이의 모양은 뜻밖에도 초췌하여 보이는 것이 참 슬펐다. 나는 꾸짖지 않고 맥주와 붕어과자와 장국밥을 사 먹여 가면서 금홍이를 위로해 주었다. 그러나 금홍이는 좀처럼 화를 풀지 않고 울면서 나를 원망하는 것이었다. 할 수 없어서 나도 그만 울어 버렸다.

"그렇지만 너무 늦었다. 그만해두 두 달 지간(之間)이나 되지 않니? 헤어지자, 응?"

"그럼 난 어떻게 되우 응?"

"마땅헌데 있거든 가거라, 응."

"당신두 그럼 장가가나? 응?"

헤어지는 한(限)에도 위로해 보낼지어다. 나는 이런 양식(良識) 아래 금홍이와 이별했더니라. 갈 때 금홍이는 선물로 내게 베개를 주고 갔다.

그런데 이 베개 말이다.

이 베개는 이인용이다. 싫대도 자꾸 떠맡기고 간 이 베개를 나는 두 주일 동안 혼자 베어 보았다. 너무 길어서 안됐다. 안됐을 뿐 아니라 내 머리에서는 나지 않는 묘한 머릿기름 냄새 때문에 안면(安眠)이 적이 방해된다.

나는 하루 금홍이에게 엽서를 띄웠다.

"중병에 걸려 누웠으니 얼른 오라"고.

금홍이는 와서 보니까 참 딱했다. 이대로 두었다가는 역시 며칠이 못 가서 굶어 죽을 것 같이만 보였던가 보다. 두 팔을 부르걷고 그날부터 나가서 벌어다가 나를 먹여 살린다는 것이다.

"오— 케—"

인간천국— 그러나 날이 좀 추웠다. 그러나 나는 대단히 안일하였기 때문에 재채기도 하지 않았다.

이러기를 두 달? 아니 다섯 달이나 되나 보다. 금홍이는 홀연히 외출했다.

달포를 두고 금홍이 '흠-씩'을 기대하다가 진력(盡力)이 나서 나는 기명집물(器皿什物)을 뚜들겨 팔아 버리고 이십이 년 만에 '집'으로 돌아갔다.

와 보니 우리 집은 노쇠했다. 이어 불초(不肖) 이상(李箱)은 이 노쇠한 가정을 아주 쑥밭을 만들어 버렸다.

그동안 이태 가량―

어안간(於焉間) 나도 노쇠해 버렸다. 나는 스물일곱 살이나 먹어 버렸다.

천하의 여성은 다소간 매춘부의 요소를 품었느니라고 나 혼자는 굳이 신념한다. 그 대신 내가 매춘부에게 은화를 지불하면서는 한 번도 그네들을 매춘부라고 생각한 일이 없다. 이것은 내 금홍이와의 생활에서 얻은 체험만으로는 성립되지 않는 이론같이 생각되나 기실 내 진담이다.


4

나는 몇 편의 소설과 몇 줄의 시를 써서 내 쇠망해 가는 심신 위에 치욕을 배가하였다. 이 이상 내가 이 땅에서의 생존을 계속하기가 자못 어려울 지경에까지 이르렀다. 나는 하여간 허울 좋게 말하자면 망명해야겠다.

어디로 갈까. 만나는 사람마다 동경으로 가겠다고 호언했다.

그뿐 아니라 어느 친구에게는 전기 기술에 관한 전문(專門) 공부를 하러 간다는 둥, 학교 선생님을 만나서는 고급 단식(單式) 인쇄술을 연구하겠다는 둥, 친한 친구에게는 내 5개국어(五個國語)에 능통할 작정일세 어쩌구 심하면 법률을 배우겠소까지 허담(虛談)을 탕탕 하는 자이다. 웬만한 친구는 보통들 속나 보다. 그러나 이 헛 선전을 안 믿는 사람도 더러는 있다. 하여간 이것은 영영 빈빈 털털이가 되어버린 이상의 마지막 공포(空砲)에 지나지 않는 것만은 사실이겠다.

어느 날 나는 이렇게 여전히 공포를 놓으면서 친구들과 술을 먹고 있자니까 내 어깨를 툭 치는 사람이 있다. '긴상'이라는 이다.

"'긴상'[이상(李箱)도 사실은 '긴상'이다] 참 오래간만이슈. 건데 '긴상' 꼭 '긴상' 한번 만나 뵙자는 사람이 하나 있는데 '긴상' 어떻거시려우."

"거 누군구. 남자야? 여자야?"

"여자니까 일이 재미있지 않으냐 거런 말야."

"여자라?"

"'긴상' 옛날 옥상."

금홍이가 서울에 나타났다는 이야기다. 나타났으면 나타났지 나를 왜 찾누?

나는 긴상에게서 금홍이의 숙소를 알아 가지고 어쩔 것인가 망설였다. 숙소는 동생 일심(一心)이 집이다.

드디어 나는 만나보기로 결심하고 그리고 일심이 집을 찾아가서

"언니가 왔다지?"

"어유— 아제두, 돌아가신 줄 알았구려! 그래 자그만치 인제 온단 말씀유, 어서 들오슈."

금홍이는 역시 초췌하다. 생활 전선에서의 피로의 빛이 그 얼굴에 여실하였다.

"네 눔 하나 보구져서 서울 왔지 내 서울 뭘 허려 왔다디?"

"그리게 또 난 이렇게 널 찾아오지 않았니?"

"너 장가갔다더구나."

"얘 듣기 싫다. 그 육모초 같은 소리."

"안 갔단 말이냐 그럼."

"그럼."

당장에 목침이 내 면상을 향하여 날라 들어왔다. 나는 예나 다름이 없이 못나게 웃어 주었다.

술상을 보았다. 나도 한잔 먹고 금홍이도 한잔 먹었다. 나는 영변가(寧邊歌)를 한마디 하고 금홍이는 육자배기를 한 마디 했다.

밤은 이미 깊었고 우리 이야기는 이게 이생에서의 영이별(永離別)이라는 결론으로 밀려갔다. 금홍이는 은수저로 소반전을 딱딱 치면서 내가 한 번도 들은 일이 없는 구슬픈 창가(唱歌)를 한다.

"속아도 꿈결 속여도 꿈결 구비구비 뜨내기 세상, 그늘진 심정에 불질러 버려라 운운(云云)."

1936.《여성》

# 지주회시(鼅鼄會豕)


　그날밤에 그의아내가층계에서굴러떨어지고— 공연히내일일
을글탄말라고 어느눈치빠른어른이 타일러놓셨다. 옳고말고다.
그는하루치씩만잔뜩산(生)다. 이런복음에곱신히그는벙어리(속
지말라)처럼말(言)이 없다. 잔뜩산다. 아내에게무엇을물어보리
요? 그러니까아내는대답할일이생기지않고 따라서부부는식물
처럼조용하다. 그러나식물은아니다. 아닐뿐아니라여간동물이
아니다. 그래서그런지그는이큘궤짝만한방안에무슨연줄로언제
부터이렇게있게되었는지도무지기억에없다. 오늘다음에내일이
있는것. 내일조금전에오늘이있는것. 이런것은영따지지않기로
하고 그저 얼마든지 오늘 오늘 오늘 하릴없이눈가린마차말의
동강난시야다. 눈을뜬다. 이번에는생시가보인다. 꿈에는생시를
꿈꾸고생시에는꿈을꿈꾸고어느것이나재미있다. 오후네시. 옮
겨앉은아침—여기가아침이냐. 날마다다. 그러나물론그는한번
씩한번씩이다. (어떤거대한모체가나를여기다갖다버렸나)— 그
저한없이게을른것— 사람노릇을하는채대체어디얼마나기껏게
으를수있나좀해보자— 게을르자— 그저한없이게을르자— 시
끄러워도그저모른체하고게으르기만하면다된다. 살고게으르고

68

죽고—가로대사는것이라면떡먹기다. 오후네시. 다른시간은다 어디갔나. 대수냐. 하루가한시간도없는것이라기로서니무슨성 화가생기나.

또 거미. 아내는꼭거미. 라고그는믿는다. 저것이어서도로환 퇴를하여서거미형상을나타내었으면—그러나거미를총으로쏘 아죽였다는이야기는들은일이없다. 보통 발로밟아죽이는데 신 발신기커녕일어나기도싫다. 그러니까마찬가지다. 이방에 그외 에또생각하여보면— 맥이뼈를디디는것이빤히보이고, 요밖으로 내어놓는팔뚝이밴댕이처럼꼬스르하다— 이방이그냥거미게다. 그는거미속에가넓적하게드러누워있는게다. 거미내음새다. 이 후덥지근한내음새는 아하 거미내음새다. 이방안이거미노릇을 하느라고풍기는흉악한내음새에틀림없다. 그래도그는아내가거 미인것을잘알고있다. 가만둔다. 그리고기껏게을러서아내— 인 (人)거미—로하여금육체의자리—(혹, 틈)를주지않게한다.

방밖에서아내는부스럭거린다. 내일아침보다는너무이르고그 렇다고오늘아침보다는너무늦은아침밥을짓는다. 예이덧문을닫 는다. (민활하게)방안에색종이로바른반닫이가없어진다. 반닫 이는참보기싫다. 대체세간이싫다. 세간은어떻게하라는것인가. 왜오늘은있나. 오늘이있어서 반닫이를보아야되느냐. 어두어졌 다. 계속하여게을른다. 오늘과반닫이가없어져라고. 그러나아내 는깜짝놀란다. 덧문을닫는—남편—잠이나자는남편이덧문을 닫 았더니생각이많다. 오줌이마려운가—가려운가—아니저인물이

69

왜잠을깨었나. 참신통한일은―어쩌다가저렇게사(生)는지―사는것이신통한일이라면또생각하여보면자는것은더신통한일이다. 어떻게저렇게자나? 저렇게도많이자나? 모든일이희한한일이었다. 남편. 어디서부터어디까지가부부람―남편―아내가아니라도그만아내이고마는고야. 그러나남편은아내에게무엇을하였느냐―담벼락이라고외풍이나가려주었더냐. 아내는생각하다보니까참무섭다는듯이―또정말이지무서웠겠지만―이닫은덧문을얼른열고 늘들어도처음듣는것같은 목소리로어디말을건네본다. 여보―오늘은크리스마스요―봄날같이따뜻(이것이원체틀린화근이다) 하니 수염좀깎소.

도무지그의머리에서 그 거미의어렵디어려운발들이사라지지않는데 들은 크리스마스라는한마디말은참서늘하다. 그가어쩌다가그의아내와부부가되어버렸다. 아내가그를따라온것은사실이지만 왜따라왔나?아니다. 와서왜가지않았나―그것은분명하다. 왜가지않았나이것이분명하였을때― 그들이부부노릇을한지일년반쯤된때―아내는갔다. 그는아내가왜갔나를알수없었다. 그까닭에도저히아내를찾을길이없었다. 그런데아내는왔다. 그는왜왔는지알았다. 지금그는아내가왜안가는지를알고있다. 이것은분명히왜갔는지모르게아내가가버릴징조에틀림없다. 즉 경험에의하면그렇다. 그는그렇다고왜안가는지를일부러몰라버릴수도없다. 그냥 아내가설사또간다고하더라도왜안오는지를잘알고있는 그에게로불쑥돌아와주었으면하고바라기나한다.

수염을깎고 첩첩이닫아버린번지에서나섰다. 따는크리스마스
가봄날같이따뜻하였다. 태양이그동안에퍽자란가도싶었다. 눈
이부시고—또몸이까칫까칫조하고—땅은힘이들고 두꺼운벽이
더덕더덕붙은빌딩들을쳐다보는것은보는것만으로도넉넉히숨
이차다. 아내흰양말이고동색털양말로변한것—계절은방속에서
묵는그에게겨우제목만을전하였다. 겨울—가을이가기도전에내
닥친겨울에서 처음으로인사비슷이기침을하였다. 봄날같이따
뜻한겨울날—필시이런날이세상에흔히있는공일날이아닌지—
그러나바람은뺨에도콧방울에도차다. 저렇게바쁘게씨근거리는
사람 무거운통 짐 구두 사냥개 야단치는소리 안열린들창 모든
것이 견딜수없이답답하다. 숨이막힌다. 어디로가볼까. (A취인
점)(생각나는명함)[오(吳)군](자랑마라)(이십사일날월급이던
가) 동행이라도있는듯이그는팔짱을내저으며 싹둑싹둑썰어붙
인것같이얄팍한A취인점담벼락을삥삥싸고돌다가 이속에는무
엇이있나. 공기? 사나운공기리라. 살을저미는—과연보통공기가
아니었다. 눈에핏줄—새빨갛게달은전화—그의허섭수룩한몸은
금시에타죽을것같았다. 오는어느회전의자에병마개모양으로명
쳐있었다. 꿈과같은일이다. 오는장부를뒤져 주소씨명을차곡차
곡써내려가면서미남자인채로생동생동(살고)있었다. 조사부(調
査部)라는패가붙은방하나를독차지하고 방사벽에다가는빈틈없
이 방안(方眼)지에그린그림아닌그림을발라놓았다. "저런걸많
이연구하면대강은짐작이나스렸다."도통하면돈이돈같지않아지

느니."'돈같지않으면그럼방안지같은가."'방안지?"'그래도통은?"
"흐흠—나는도로그림이그리고싶어지데." 그러나오는여위지않
고는배기기어려웠던가싶다. 술—그럼색? 오는완전히오자신을
활활열어젖혀놓은모양이었다. 흡사 그가 오앞에서나세상앞에
서나그자신을첩첩이닫고있듯이. 오냐 왜그러니 나는거미다. 연
필처럼야위어가는것—피가지나가지않는혈관—생각하지 않고
도없어지지않는머리—칵막힌머리—코없는생각—거미거미속
에서 안나오는것—내다보지않는것—취하는것—정신없는것—
방(房)—버선처럼생긴방이었다. 아내였다. 거미라는탓이었다.

오는주소씨명을멈추고그에게담배를내밀었다. 그러자연기를
가르면서문이열렸다. (퇴사시간) 뚱뚱한사람이말처럼달려들었
다. 뚱뚱한신사는오와깨끗하게인사를한다. 가느다란몸집을한
오는굵은목소리를굵은몸집을한신사는가느다란목소리로주고
받고하는신선한회화다. "사장께서는나가셨나요?"'네—참이백
명이좀넘는대요."'넉넉합니다.먼저오시겠지요."'한시간쯤미리
가지요."'에— 또 에—또 에또 에또 그럼그렇게알고."'가시겠습
니까."

툭탁하고나더니뚱뚱한신사는곁에앉은그를흘긋보고고개를
돌리고지나갈듯하다가다시흘긋본다. 그는—내인사를하면어떻
게되더라?하고망싯망싯하다가그만얼떨결에꿉뻑인사를하여버
렸다. 이는무슨염치없는짓인가. 뚱뚱신사는인사를받더니받아
가지고는그냥씽긋웃듯이나가버렸다. 이는무슨모욕인가. 그의

귀에는뚱뚱신사가대체누군가를생각해보는동안에도 "어떠십니까"는그뚱뚱신사의손가락질같은말한마디가남아서웽웽한다. 어떠냐니무엇이어떠냐누— 아니그게누군가—오라오라. 뚱뚱신사는바로그의아내가다니고있는카페R회관주인이었다. 아내가또온것 서너달전이다. 와서그를먹여살리겠다는것이었다. 빚'백원'을얻어쓸때그는아내를앞세우고이뚱뚱이보는데타원형도장을찍었다. 그때 '유카타'입고내려다보던눈에서느낀굴욕을오늘이라고잊었을까. 그러나 그는 이게누군지도채생각나기전에어언간이뚱뚱에게고개를수그리지않았다. 지금. 지금. 골수에스미고말았나보다. 칙칙한근성이— 모르고그랬다고하면말이될까? 더럽구나. 무슨구실로변명하여야되나. 에잇! 에잇! 아무것도차라리억울해하지말자— 이렇게맹세하자. 그러나그의뺨이화끈달았다. 눈물이새금새금맺혀들어왔다. 거미—분명히그자신이거미였다. 물뿌리처럼야위어들어가는아내를빨아먹는거미가 너자신인것을깨달아라. 내가거미다. 비린내나는입이다. 아니 아내는그럼그에게서아무것도안빨아먹느냐. 보렴—이파랗게질린수염자죽—쾡한눈—늘씬하게만연되나마나하는형영없는영양(榮養)을—보아라. 아내가거미다. 거미아닐수있으랴. 거미와거미거미와거미냐. 서로빨아먹느냐. 어디로가나. 마주야위는까닭은무엇인가. 어느날아침에나뼈가가죽을찢고내밀리려는지—그손바닥만한아내의이마에는땀이흐른다. 아내의이마에손을얹고 그래도여전히그는잔인하게 아내를밟았다. 밟히는아내는삼경이

면쥐소리를지르며찌그러지곤한다. 내일아침에페지는염낭처럼. 그러나아주까리같은사치한꽃이핀다. 방은밤마다홍수가나고 이튿날이면쓰레기가한삼태기씩이나났고—아내는이묵직한쓰레기를담아가지고늦은아침—오후네시—뜰로내려가서그도대리(代理)하여두사람치의해를보고들어온다. 금긋듯이아내는작아들어갔다. 쇠와같이독한꽃—독한거미—문을닫자. 생명에뚜껑을덮었고 사람과사람이사귀는버릇을닫았고그자신을닫았다. 온갖벗에서—온갖관계에서—온갖희망에서—온갖욕(慾)에서—그리고온갖욕에서—다만방안에서만그는활발하게발광할수있다. 미역햝듯햝을수도있었다. 전등은그런숨결때문에곧잘꺼졌다. 밤마다이방은고달팠고 뒤집어엎었고 방안은기어병들어가면서도빠득빠득버티고있다. 방안은쓰러진다. 밖에와있는세상—암만기다려도그는나가지않는다. 손바닥만한유리를통하여 꿋꿋이걸어가는세월을볼수있을따름이었다. 그러나밤이그유리조각마저도얼른얼른닫아주었다. 안된다고.

　그러자오는그의무색해하는것을볼수없다는듯이들창셔터를내렸다. 자 나가세. 그는여기서나가지않고그냥그의방으로돌아가고싶었다. (육원짜리셋방) (방밖에없는방) (편한방) 그럴수는없나. "그뚱뚱이어떻게아나?" "그저알지." "그저라니." "그저." "친한가?" "천만에— 대체그게누군가." "그거—그건 '가부꾼'이지— 우리쥐인점하고는 돈만원거래나있지." "흠." "개천에서용이나려니까." "흠."

R카페는뚱뚱의부업인모양이었다. 내일밤은A취인점이고객을초대하는망년회가R카페삼층홀에서열릴터이고오는그준비를맡았단다. 있다가느지막해서오는R회관에좀들른단다. 그들은차점에서우선홍차를마셨다. 크리스마스트리곁에서축음기가께끗이울렸다. 두루마기처럼기다란털외투—기름바른머리—금시계—보석박힌넥타이핀—이런모든오의차림차림이한없이그의눈에거슬렸다. 어쩌다가저지경이되었을까. 아니. 내야말로어쩌다가이모양이되었을까. (돈이었다)사람을속였단다. 다털어먹은후에는볼품좋게여비를주어서쫓는것이었다. 삼십까지백만원. 주체할수없이달라붙는계집. 자네도공연히꾸물꾸물하지말고 청춘을이렇게대우하라는것이었다. (거침없는오의이야기) 어쩌다가아니—어쩌다가나는이렇게훨씬물러앉고말았나를알수가없었다. 다만모든이런오의저속한큰소리가맹탕거짓말같기도하였으나 또아니부러워하려야아니부러워할수없는 형언안되는것이확실히있는것도같았다.

지난봄에오는인천에있었다 십년—그들의깨끗한우정이꿈과같은 그들의소년시대를그냥아름다운것으로남기게하였다. 아직싹트지않은이른봄 건강이없는그는오와사직공원산기슭을같이걸으며 오가긴히이야기해야겠다는이야기를듣고있었다. 너무나뜻밖에일은—오의아버지는백만의가산을날리고마지막경매가완전히끝난것이엊그제라는—여러형제가운데이오(吳)에게만단한줄기촉망을두는늙은기미(期米)호걸의애끊는글을오는속주머니에서꺼내보이고―저버릴수없는마음이―오는운다―우리 일생의일로정하고있던화필(畵筆)을요만일에버리지않으면안 되겠느냐는―전에도후에도한번밖에없는오의종종(淙淙)한고 백이었다. 그때그는봄과함께건강이오기만눈이빠지게고대하던 차― 그도속으로화폭을던진지오래였고― 묵묵히머지않아쪼개 질축축한지면을굽어보았을뿐이었다. 그리고뒤미처태풍이왔다. 오너라―와서 내생활을좀보아라―이런오의부름을빙그레웃으 며 그는인천에오를들렀다. 사사(四四)―벅적대는해안통―K쥐 인점사무실―어디로갔는지모르는오의형영깎은듯한오의집무 태도를그는여전히건강이없는눈으로어이없이들여다보고오는 날을오는날을탄식하였다. 방은전화자리하나를남기고빽빽이방 안지로메워져있었다. 낡기도전에갈리는방안지위에붉은선푸른 선의높고낮은것―오의얼굴은일시일각이한결같지않았다. 밤이 면오를따라양철조각같은빠아로얼마든지쏘다닌다음―(시끼시 마)―나날이축가는몸을다스릴수없었건만 이상스럽게오는여섯 시면깨었고깨어서는 홰등잔같은눈알을이리굴리고저리굴리고 빨간뺨이까딱하지않고아홉시까지는해안통사무실에낙자없이 있었다. 피곤하지않는오의몸이아마금강력과함께―필연―무슨 도(道)고도를통하였나보다. 낮이면오의아버지는울적한심사를 하나남은가야금에붙이고이따금자그마한수첩에믿는아들에게 서걸리는전화를만족한듯이적는다. 미닫이를열면경인열차가가 끔보인다. 그는오의털외투를걸치고월미도뒤를돌아드문드문아직도덜진꽃나무사이잔디위에자리를잡고반듯이누워서봄이오고건강이아니온것을글탄하였다. 내다보이는바다―개흙밭위로바다가한벌드나들더니날이저물고저물고하였다. 오후네시오는휘파람을불며이날다같은잔디로그를찾아온다. 천막친데서흔들리는포터블을들으며차를마시고사슴을보고너무긴방축중간에서좀선선한아이스크림을사먹고굴캐는것좀보고오방(房)에서신문과저녁이정답게끝난다. 이런한달―오월―그는바로그잔디위에서어느덧배따라기를배웠다. 흉중에획책하던일이날마다한켜씩바다로흩어졌다. 인생에대한끝없는주저를잔뜩지니고 인천서돌아온그의방에서는아내의자취를찾을길이없었다. 부모를배역한이런아들을아내는기어이이렇게잘땡겨주는구나―(문학)(시)영구히인생을망설거리기위하여길아닌길을내디뎠다그러나또튀려는마음―삐뚤어진젊음 (정치) 가끔그는투어리스트뷰로에전화를걸었다.원양항해의배는늘방안에서만기적도불고입항도하였다. 여름이그가땀흘리는동안에가고―그러나그의등의땀이걷히기전에왕복엽서모양으로아내가초조히돌아왔다. 낡은잡지속에섞여서배고파하는그를먹여살리겠다는것이다. 왕복엽서―없어진반(半)―눈을감고아내의살에서허다한지문(指紋)내음새를맡았다. 그는그의생활의서술에귀찮은공을쳤다. 끝났다. 먹여라먹으라―머리도잘라라―머리지지는십전짜리인두―속옷밖에필요치않은하루―R카페―뚱뚱한'유카타'앞에서얻은백원―그러나그백원을그냥쥐고인천오(吳)에게로달려가는그의귀에는

지난오월오(吳)가―백원을가져오너라우선석달만에백원내놓고
오백원을주마―는분간할수없지만너무든든한한마디말이쟁쟁
하였던까닭이다. 그리고도전(盜電)하는그에게아내는제발이저
려그랬겠지만잠자코있었다. 당하였다. 신문에서배시간표를더
러보기도하였다. 오는두서너번편지로그의그런생활태도를여간
칭찬한것이아니다. 오가경성으로왔다. 석달은한달전에끝이났
는데―오는인천서오에게버는족족털어바치던아내(라고오는결
코부르지않았지만)를벗어버리고―그까짓것은하여간에오의측
량할수없는깊은우정은그넉달전의일도또한달전에의례히있었
어야할일도광풍제월같이잊어버린―참반가운편지가요며칠전
에 그의닫은생활을뚫고들어왔다. 그는가을과겨울을잤다. 계속
하여자는중이었다. ―예이그래이사람아한번파치가된계집을또
데리고살다니하는오의필시그럴공연한쑤썩질도싫었고― 그
러나크리스마스― 아니다.어디그펑구워먹은좋은얼굴을좀보아
두자―좋은얼굴―전날의오―그런것이지―주체할수없게되기
전에여기다가동그라미를하나쳐두자―물론아내는아무것도모
른다.


2

그날밤에아내는멋없이층계에서굴러떨어졌다. 못났다.

도저히알아볼수없는이긴가민가한오와그는어디서술을먹었
다. 분명히아내가다니고있는R회관은아닌그러나역시그는그의

아내와조금도틀린곳을찾을수없는너무많은그의아내들을보고 소름이끼쳤다. 별의별세상이다. 저렇게해놓으면어떤것이어떤 것인지—오—가는것을보면알겠군—두시에는남편노릇하는사 람들이일일이영접하러오는그들여급의신기한생활을그는들어 알고있다. 아내는마주오지않는그를애정을구실로몇번이나책망 하였으나 들키면어떻게하려느냐—누구에게— 즉 —상대는보기 싫은넓적하게생긴세상이다. 그는이왔다갔다하는똑같이생긴화 장품—사실화장품의고하가그들을구별시키는외에는표난데라 고는영없었다—얼숭덜숭한아내들을두리번두리번돌아보았다. 헤헤—모두그렇겠지—가서는방에서— (참당신은너무닮았구 려)— 그러나내아내는화장품을잘사용하지않으니까—아내의파 리한바탕주근깨—코보다작은코, 입보다얇은입—(화장한당신 이화장안한아내와닮았다면?)—"용서하오."—그러나내아내만은 왜그렇게야위나. 무엇때문에(네죄) (네가모르느냐) (알지)그러 나이여자를좀보아라. 얼마나이글이글하게살이알르냐 잘쪘다. 곁에와앉기만하는데도후끈후끈하는구나. 오의귓속말이다. "이 게마유미야이뚱뚱보가—하릴없이양돼진데좋아좋단말이야— 금(金)알났는게사니이야기알지(알지)즉화수분이야—하룻저녁 에삼원사원오원—잡힐물건이없는데돈주는전당국이야(정말?) 아—나의사랑하는마유미거든." 지금쯤은아내도저짓을하렸다. 아프다. 그의찌푸린얼굴을얼른오(吳)가껄걸웃는다. 홍—고약 하지—하지만들어보게—소오바에계집은절대금물이다. 그러나

살을저며먹이려고달려드는것을어쩌느냐 (옳다옳아) 계집이란
무엇이냐돈없이계집은무의미다—아니, 계집없는돈이야말로무
의미다. (옳다옳다) 오(吳)야어서다음을계속하여라. 따면따는
대로금시계를산다몇개든지, 또보석, 털외투를산다, 얼마든지비
싼것으로. 잃으면그놈을끄린다옳다. (옳다옳다)그러나이짓은
좀안타까운걸. 어떻게하는고하니계집을하나찰짜로골라가지고
쓱 시계보석을사주었다가도로빼앗아다가끄리고 또사주었다가
또빼앗아다가끄리고—그러니까사주기는사주었는데그놈이평
생가야제것이아니고내것이거든—쓱얼마를그린다음에는—그
러니까꼭여급이라야만쓰거든—하룻저녁에아따얼마를벌든지
버는대로털거든—살을저며먹이려드는데하루에아삼사원털기
쯤—보석은또여전히사주니까남는것은없어도여러번사준폭되
고내가거미지, 거미줄알면서도—아니야, 나는또제요구를안들
어주는것은아니니까—그렇지만셋방하나얻어가지고 같이살자
는데학질이야—여보게거기까지가면삼십까지백만원꿈은세봉
이지. (옳다?옳다?)'소-바'란놈은있다가부자되는수효보다는지
금거지되는수효가훨씬더많으니까, 다, 저런것이하나있어야든
든하지. 즉배수진을쳐놓자는것이다. 오는현명하니까이금알낳
는게사니배를가릴리는천만만무다. 저더덕더덕붙은볼따구니두
껍다란입술이생각하면다시없이귀엽기도할밖에.

　그의눈은주기로하여차차몽롱하여들어왔다개개풀린시선이
그마유미라는고깃덩어리를부러운듯이살피고있었다. 아내—마

유미—아내—자꾸말라들어가는아내—꼬챙이같은아내—그만 좀마르지—마유미를좀보려무나—넓적한잔등이푼더분한폭, 폭 (幅), 폭을—세상은고르지도못하지하나는옥수수과자모양으로 무럭무럭부풀어오르고하나는눈에보이듯이오그라들고—보자 어디좀보자—인절미굽듯이부풀어올라오는것이눈으로보이렸 다. 그러나그의눈은어항에든금붕어처럼눈자위속에서그저오 르락내리락꿈틀거릴뿐이었다. 화려하게웃는마유미의복스러운 얼굴이해초처럼느리게움직이는것이희미하게보일뿐이었다. 오 (吳)는이런코를찌르는화장품속에서웃고소리지르고손뼉을치고 또웃었다.

왜오에게만저런강력한것이있나. 분명히오는마유미에게여위 지못하도록금(禁)하여놓았으리라. 명령하여놓았나보다. 장하 다. 힘. 의지. —? 그런강력한것—그런것은어디서나오나. 내— 그런것만있다면이노릇안하지—일하지—하여도잘하지—들창 을열고뛰어내리고싶었다. 아내에게서 그악착한끄나풀을끌러던 지고휠휠줄달음박질을쳐서달아나버리고싶었다. 내의지가작용 하지않는온갖것아, 없어져라. 닫자. 첩첩이닫자. 그러나이것도 힘이아니면무엇이랴—시뻘겋게상기한눈이살기를띠우고명멸 하는황홀경담벼락에숨쉬일구멍을찾았다. 그냥벌벌떨었다. 텅 비인골속에회오리바람이일어난것같이완전히전후를가리지못 하는일개그는추잡한취한으로화하고말았다.

그때마유미는그의귀에다대이고속삭인다. 그는목을움칫하면

서혀를내밀어널름널름하여보였다. 그러나저러나너무먹었나보다—취하였거니와이것은배가좀너무부르다. 마유미무슨이야기요."저이가거짓말쟁인줄제가모르는줄아십니까. 알아요(그래서)미술가라지요. 생딴전을해놓겠지요. 좀타일러주세요—어림없이그러지말라구요—이마유미는속는게아니라구요—제가이러는게그야좀반하긴반했지만—선생님은아시지요(알고말고)어쨌든저따위끄나풀이한마리있어야삽니다. (뭐?뭐?)생각해보세요—그래하룻밤에삼사원씩벌어야뭣에다쓰느냐말이에요—화장품을사나요? 옷감을끊나요 하긴한두번아니여라문번꺼지는아주비싼놈으로골라서그짓도하지요—하지만허구헌날화장품을사나요 옷감을끊나요? 거다뭐하나요—얼마못가서싫증이납니다—그럼거지를주나요? 아이구참—이세상에서제일미운게거집니다.그래두저런끄나풀을한마리가지는게화장품이나옷감보다는훨씬낫습니다. 좀처럼싫증나는법이없으니까요—즉남자가외도하는—아니—좀다릅니다. 하여간싸움을해가면서벌어다가그날저녁으로저끄나풀한테빼앗기고나면—아니송두리째갖다바치고나면속이시원합니다. 구수합니다. 그러니까저를빨아먹는거미를제손으로기르는셈이지요. 그렇지만또이허전한것을저끄나풀이다수긋이채워주거니하면아까운생각은커녕즈이가되려거민가싶습니다. 돈을한푼도벌지말면그만이겠지만인제그만해도이생활이살에 척배어버려서얼른그만두기도어렵고 하자니그러기는싫습니다. 이를북북갈아젖혀가면서기를빼앗습니다."

82

양말―그는아내의양말을생각하여보았다 양말사이에서는신기하게도 밤마다지폐와은화가나왔다 오십전짜리가딸랑하고방바닥에굴러떨어질때 듣는그음향은이세상아무것에도 비길수없는가장숭엄한감각에틀림없었다. 오늘밤에는 아내는또몇개의그런은화를정강이에서뱉어놓으려나그북어와같은종아리에난돈자죽―돈이살을파고들어가서―고놈이아내의정기를속속들이빨아내이나보다. 아―거미―잊어버렸던거미―돈도거미―그러나눈앞에놓여있는너무나튼튼한쌍거미―너무튼튼하지않으냐. 담배를한대피워물고―참―아내야. 대체내가무엇인줄알고죽지못하게이렇게먹여살리느냐―죽는것―사는것―그는천하다그의존재는너무나우스꽝스럽다스스로지나치게비웃는다.

그러나―두시―그황홀한동굴―방(房)―을향하여걸음은빠르다. 여러골목을지나―오(吳)야너는너갈데로가거라―따뜻하고밝은들창과들창을볼적마다―닭―개―소는이야기로만―그리고그림엽서―이런펄펄끓는심지를부여잡고그화끈화끈한방을향하여쏟아지듯이몰려간다. 전신의피―무게―와있겠지―기다리겠지―오래간만에취한실없는사건―허리가녹아나도록이녀석―이녀석―이엉뚱한발음 숨을힘껏들이쉬어두자. 숨을힘껏쉬어라. 그리고참자. 에라. 그만아주미쳐버려라.

그러나웬일일까. 아내는방에서기다리고있지않았다. 아하―그날이왔구나. 왜갔는지모르는데가버리는날―하필? 그러나 (왜왔는지알기전에) 왜갔는지모르고 지내는중에 너는또오려느

냐—내친걸음이다. 아니—아주닫아버릴까. 수챗구멍에빠져서
라도섣불리세상이업신여기려도업신여길수없도록—트집거리
를주어서는안된다. R카페—내일A취인점이고객을초대하는망
년회를열—아내—뚱뚱주인이받아가지고간 내인사—이저주받
아야할R카페의뒷문으로하여주춤주춤그는'조-바'에그의협수
룩한꼴을나타내었다. '조-바'내다안다—너희들이얼마에사다가
얼마에파나—알면무엇을하나—여보안경쓴부인말좀물읍시다.
(아이구복작거리기도한다이속에서어떻게들사누) 부인은통신
부같이생긴종잇조각에차례차례도장을하나씩만찍어준다. 아내
는일상말하였다. 얼마를벌든지일원씩만갚는법이라고—따는무
이자다—어째서무이자냐—(아느냐)—돈이—같지않더냐—그야
말로도통을하였느냐. 그래"나미꼬가어디있습니까."™댁에서오셨
나요지금경찰서에가있습니다."™뭘잘못했나요."™아아니—이거어
째이렇게칠칠치가못할까"는듯이칼을들고나온쿡이똑똑이잘들
으라는이야기다. 아내는층계에서굴러떨어졌다. 넌왜요렇게빼
빼말랐니—아야아야노세요말좀해봐아야아야노세요. (눈물이
핑돌면서) 당신은왜그렇게양돼지모양으로살이쪘소오—뭐이,
양돼지?—양돼지가아니고—에이발칙한것. 그래서발길로채웠
고채워서는층계에서굴러떨어졌고굴러떨어졌으니분하고—모
두분하다. "과히다치지는않았지만 그런놈은버릇을좀가르쳐주
어야 하느니그래경관은내가불렀소이다." 말라깽이라고그런점
잖은손님의농담에어찌외람히말대꾸를하였으며말대꾸도유분

수지양돼지라니―그래생각해보아라네가말라깽이가아니고무
엇이냐―암―내라도양돼지소리를듣고는―아니말라깽이라는
소리를듣고는―아니양돼지라는소리를듣고는―아니다아니다
말라깽이소리를듣고는―나도사실은말라깽이지만― 그저있을
수없다―양돼지라 그래줄밖에―아니그래양돼지라니그런괘씸
한소리를듣고내가손님이라면―아니내가여급이라면―당치않
은말―내가손님이라면그냥패주겠다. 그렇지만아내야양돼지소
리한마디만은잘했다그러니까걷어채었지―아니나는대체누구
편이냐누구편을들고있는세음이냐 그대그락대그락하는몸이은
근히다쳤겠지―접시깨지듯했겠지―아프다. 아프다. 앞이다캄
캄하여지기전에 사부로가씨근씨근왔다. 남편되는이더러오란단
다. 바로나요―마침잘되었습니다. 나쁜놈입니다고소하세요. 여
급들과보이들과'이다바'들의동정은실로나미꼬일신위에집중되
어형세자못온건치않은것이었다.

경찰서숙직실―이상하다―우선경부보와 순사그리고오(吳)
R카페뚱뚱주인 그리고과연양돼지와같은범인 (저건내라도양돼
지라고자칫그러기쉬울걸) 그리고난로앞에새파랗게질린채쪼그
리고앉아있는새앙쥐만한아내―그는얼빠진사람모양으로이진
기한―도저히있을법하지않은콤비네이션을몇번이고두루살펴
보았다. 그는비철비철그양돼지앞으로가서그개기름이흐르는얼
굴을한참이나들여다보더니떠억"당신입디까.""당신입디까."아마
안면이무던히있나보다서로쳐다보며방그레웃는속이―그러나

아내야가만있자—제발울음을그쳐라어디이야기나좀해보자꾸
나. 후—한숨을내쉬고났더니멈췄던취기가한꺼번에치밀어올라
오면서그는금시로그자리에쓰러질것같았다. 와이셔츠자락이바
지밖으로삐져나온이양돼지에게 말을건넨다. "뵈옵기에퍽몸이
약하신데요." "딴말씀." "딴말씀이라니." "딴말씀이지." "딴말씀이
시라니." "허딴말씀이라니까." "허딴말씀이라니까라니." 그때참다
못하여경부보가소리를질렀다. 그리고그대가나미꼬의정당한남
편인가 이름은무엇인가직업은무엇인가하는질문에는질문마다
그저한없이공손히고개를숙여주었을뿐이었다. 고개만그렇게공
연히숙였다치켰다할것이아니라그대는그래고소할터인가즉말
하자면이사람을어떻게하였으면좋겠는가. 그렇습니다 (당신들
눈에내가구더기만큼이나보이겠소? 이사람을어떻게하였으면좋
을까는내가모르면경찰이알겠거니와 그래내가하라는대로하겠
다는말이오?) 지금내가어떻게하였으면좋을까는누구에게물어
보아야되나요. 거기섰는오(吳) 그리고내아내의주인 나를위하
여가르쳐주소. 어떻게하였으면좋으리까는눈물이어느사이에뺨을
흐르고있었다. 술이점점더취하여들어온다. 그는이자리에서어
떻다고차마입을벌릴정신도용기도없었다. 오(吳)와뚱뚱주인이
그의어깨를건드리며위로한다 "다른사람이아니라우리A취인점
전무야. 술취한개라니 그렇게만알게나그려. 자네도알다시피내
일망년회에전무가없으면사장이없는것이상이야. 잘화해할수는
없나." "화해라니누구를위해서." "친구를위하여." "친구라니." "그럼

우리점을위해서."™자네가사장인가."그뚱뚱주인이"그럼당신의아내를위하여."백원씩두번얻어썼다. 남은것이백오십원—잘알아들었다. 나를위협하는모양이구나 "이건동화지만세상에는어쨌든이런일도있소 즉백원이석달만에꼭오백원이되는이야긴데꼭되었어야할오백원이그게넉달이었기때문에감쪽같이한푼도없어져버린신기한이야기요 [오(吳)야내가좀치사스러우냐]자이런일도있는데 일개여급발길로차는것쯤이야팥고물이아니고무엇이겠소?(그러나오야일없다일없다)자나는가겠소왜들이렇게성가시게구느냐. 나는아무것에도참견하기싫다. 이술을곱게삭이고싶다. 나를보내주시오아내를데리고가겠소. 그리고는다음대로하시오."

밤—홍수가고갈한최초의밤—신기하게도건조한밤이었다아내야너는이이상더야위어서는안된다절대로안된다명령해둔다. 그러나아내는참새모양으로깽깽신열까지내어가면서날이새도록앓았다. 그곁에서그는이것은너무나염치없이씨근씨근쓰러지자마자잠이들어버렸다. 안골던코까지골고—아—정말양돼지는누구냐 너무피곤하였던것이다. 그냥기가막혀버렸던것이다.

그동안—긴시간.

아내는아침에나갔다. 사부로가부르러왔기때문이다. 경찰서로간단다.그도오란다. 모든것이귀찮았다. 다리젓는아내를억지로내어보내놓고그는인간세상의하품을한번커다랗게하였다. 한없이게으른것이역시제일이구나 첩첩이덧문을닫고앓는소리없

는방안에서이번에는정말—제발될수있는대로아내는오래걸려
서있다가저녁때나되거든돌아왔으면그러든지—경우에따라서
는아내가아주가버리기를바라기조차하였다. 두다리를쭉뻗고깊
이깊이잠이좀들어보고싶었다.

　오후두시—십원지폐가두장이었다. 아내는그앞에서연해해죽
거렸다. "누가주드냐." "당신친구오씨가줍디다." 오(吳) 오(吳)
역시오(吳)로구나 (그게네백원꿀떡삼킨동화의주인공이다) 그
리운지난날의기억들변한다모든것이변한다. 아무리그가이방덧
문을첩첩닫고일년열두달을수염도안깎고누워있다하더라도세
상은그잔인한 '관계' 를가지고담벼락을뚫고스며든다. 오래간만
에잠다운잠을참한잠늘어지게잤다. 머리가차츰맑아들어온다.
"오가주드라그래뭐라고그러면서주드냐." "전무가술이께서 참
잘못했다고하더라고." "너대체어디까지갔다왔느냐." "'조-바'까
지." "잘한다, 그래그걸넙죽받았느냐." "안받으려다가정잘못했
다고그러더라니까." 그럼오(吳)의돈은아니다. 전무? 뚱뚱주인
둘다있을법한일이다. 아니, 십원씩추렴인가 이런때왜그의머리
는맑은가. 그냥흐려서아무것도생각할수없이되어버렸으면작히
좋겠나. 망년회 오후. 고소. 위자료. 구더기. 구더기만도못한인
간. 아내는아프다면서재재대인다. "공돈이생겼으니써버립시다.
오늘은안나갈테야 (멍든데고약바를생각은꿈에도하지않고) 내
일낮에치마가한감저고리가한감 (뭣이하나뭣이하나) (그래서십
원을까불린다음) 남저지십원은당신구두한켤레맞춰주기로." 마

음대로하려무나. 나는졸립다. 졸려죽겠다. 코를풀어버리더라도
내게의논말라. 지금쯤R회관삼층에얼마나장중한연회가열렸을
것이며 양돼지전무는와이셔츠를접어넣고얼마나점잖을것인가.
유치장에서연회로 (공장에서가정으로) 이십원짜리―이백여
명―칠면조―햄―소시지―비계―양돼지―일년전이년전십년
전―수염―냉회와같은것―남은것―뼈다귀―지저분한자죽―
과 무엇이남았느냐―닫은일년동안―산채썩어들어가는그앞에
가로놓인아가리가딱벌인일월이었다.

위로가될수있었나보다. 아내는혼곤히잠이들었다. 전등이딱
들하다는듯이물끄러미내려다보고있다. 진종일을물한모금마시
지않았다. 이십원때문에그들부부는먹어야산다는 철칙을―그장
중한법률을 완전히 거역할수있었다.

이것이지금이기괴망측한생리현상이즉배가고프다는상태렸
다. 배가고프다. 한심한일이다. 부끄러운일이었다. 그러나 오
(吳) 네생활에내생활을비교하여 아니 내생활에네생활을비교
하여어떤것이진정우수한것이냐. 아니어떤것이진정열등한것이
냐. 외투를걸치고모자를얹고―그리고잊어버리지않고그이십원
을주머니에넣고집―방을나섰다. 밤은안개로하여흐릿하다. 공
기는제대로썩어들어가는지쉬지근하다. 또―과연거미다. (환
퇴)―그는그의손가락을코밑에가져다가가만히맡아보았다. 거
미내음새는―그러나이십원을요모조모주무르던그새금한지폐
내음새가참그윽할뿐이었다. 요 새금한내음새―요것때문에세상

은가만있지못하고생사람을더러잡는다―더러가뭐냐. 얼마나많
이축을내나. 가다듬을수없는어지러운심정이었다. 거미―그렇
지―거미는나밖에없다. 보아라. 지금이거미의끈적끈적한촉수
가어디로몰려가고있나―쭉 소름이끼치고식은땀이내솟기시작
이다.

　노한촉수―마유미―오(鳴)의자신있는계집―끄나풀―허전한
것―수단은없다. 손에쥐인이십원―마유미―십원은술먹고십원
은팁으로주고그래서마유미가응하지않거든 예이 양돼지라고그
래버리지. 그래도그만이라면이십원은그냥날라가―헛되다―그
러나어떠냐공돈이아니냐. 전무는한번더아내를충계에서굴러떨
어뜨려주려무나. 또이십원이다. 십원은술값십원은팁. 그래도마
유미가응하지않거든 양돼지라고그래주고 그래도그만이면이십
원은그냥뜨는것이다부탁이다. 아내야 또한번전무귀에다대이고
양돼지 그래라. 걷어차거든두말말고충계에서내리굴러라.

1936. 7.《중앙》

시

# 오감도(烏瞰圖)

**시제1호**

13인의아해가도로로질주하오.
(길은막다른골목이적당하오.)

제1의아해가무섭다고그리오.
제2의아해도무섭다고그리오.
제3의아해도무섭다고그리오.
제4의아해도무섭다고그리오.
제5의아해도무섭다고그리오.
제6의아해도무섭다고그리오.
제7의아해도무섭다고그리오.
제8의아해도무섭다고그리오.
제9의아해도무섭다고그리오.
제10의아해도무섭다고그리오.

제11의아해가무섭다고그리오.
제12의아해도무섭다고그리오.

제13의아해도무섭다고그리오.

13인의아해는무서운아해와무서워하는아해와그렇게뿐이모였소.(다른사정은없는것이차라리나았소)


그중에1인의아해가무서운아해라도좋소.

그중에2인의아해가무서운아해라도좋소.

그중에2인의아해가무서워하는아해라도좋소.

그중에1인의아해가무서워하는아해라도좋소.


(길은뚫린골목이라도적당하오)

13인의아해가도로로질주하지아니하여도좋소.

### 시제2호

나의아버지가나의곁에서조을적에나는나의아버지가되고또나는나의아버지의아버지가되고그런데도나의아버지는나의아버지대로나의아버지인데어쩌자고나는자꾸나의아버지의아버지의아버지의……아버지가되니나는왜나의아버지를껑충뛰어넘어야하는지나는왜드디어나와나의아버지와나의아버지의아버지와나의아버지의아버지의아버지노릇을한꺼번에하면서살아야하는것이냐

## 시제3호

싸움하는사람은즉싸움하지아니하던사람이고또싸움하는사
람은싸움하지아니하는사람이었기도하니까싸움하는사람이싸
움하는구경을하고싶거든싸움하지아니하던사람이싸움하는것
을구경하든지싸움하지아니하는사람이싸움하는구경을하든지
싸움하지아니하던사람이나싸움하지아니하는사람이싸움하지
아니하는것을구경하든지하였으면그만이다


## 시제4호

환자의용태에관한문제.

```
· 0 9 8 7 6 5 4 3 2 1
0 · 9 8 7 6 5 4 3 2 1
0 9 · 8 7 6 5 4 3 2 1
0 9 8 · 7 6 5 4 3 2 1
0 9 8 7 · 6 5 4 3 2 1
0 9 8 7 6 · 5 4 3 2 1
0 9 8 7 6 5 · 4 3 2 1
0 9 8 7 6 5 4 · 3 2 1
0 9 8 7 6 5 4 3 · 2 1
0 9 8 7 6 5 4 3 2 · 1
0 9 8 7 6 5 4 3 2 1 ·
```

진단 0 · 1

26 · 10 · 1931

이상 책임의사 이 상

**시제5호**

기후좌우를제하는유일의 흔적에있어서

익은불서 목대부도(翼殷不逝 目大不覩)*

반(胖)왜소형의신(神)의안전(眼前)에아전낙상(我前落傷)한
사고를유(有)함.

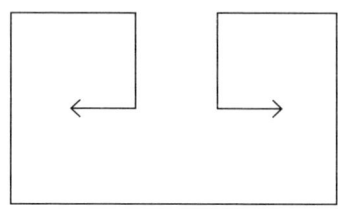

장부(臟腑)타는것은 침수된축사와구별될수있을는가.


**시제6호**

앵무 ※ ― 2필

　― 2필

　※ 앵무는포유류에속하느니라.

내가2필을아아는것은내가2필을아알지못하는것이니라. 물론
나는희망할것이니라.

앵무 ― 2필

"이소저(小姐)는신사이상의부인이냐""그렇다"

---

* 《장자》의 〈산목〉편에 나오는 구절이다.

나는거기서앵무가노한것을보았느니라. 나는부끄러워서 얼굴이붉어졌었겠느니라.

앵무 ─ 2필

─ 2필

물론나는추방당하였느니라. 추방당할것까지도없이자퇴하였느니라. 나의체구는중축을상첨(喪尖)하고또상당히창량(蹌踉)하여그랬든지나는미미하게체읍(涕泣)하였느니라.

"저기가저기지" "나" "나의─아─너와나"

"나"

sCANDAL이라는것은무엇이냐. "너" "너구나"

"너지" "너다" "아니다 너로구나" 나는함

뿍젖어서그래서수류처럼도망하였느니라. 물론그것을아아는사람혹은보는사람은없었지만그러나과연그럴는지그것조차그럴는지.


**시제7호**

구원적거(久遠謫居)의지(地)의일지(一枝)·일지(一枝)에피는현화(顯花)·특이한사월의화초·삼십륜(三十輪)·삼십륜에전후되는양측의 명경(明鏡)·맹아(萌芽)와같이희희하는지평을향하여금시금시낙백(落魄)하는*만월(滿月)·청간(淸澗)의기(氣)가운데 만신창이의만월이의형(劓刑)당하여혼륜(渾淪)하는·적거(謫居)의지(地)를관류(貫流)하는일봉가신(一封

家信)·나는근근이차대(遮戴)하였더라·몽몽(濛濛)한월아(月芽)·정밀을개엄(蓋掩)하는대기권의요원·거대한곤비(困憊)가운데의일년사월의의공동(空洞)·반산전도(槃散顛倒)하는성좌와 성좌의천렬(千裂)된사호동(死胡同)을포도(跑逃)하는거대한풍설·강매(降霾)·혈홍(血紅)으로염색된암염(岩鹽)의분쇄(粉碎)·나의뇌를피뢰침삼아 침하반과(沈下搬過)되는광채임리(光彩淋漓)한망해(亡骸)·나는탑배(塔配)하는독사와같이 지평에식수(植樹)되어다시는기동(起動)할수없었더라·천량(天亮)이올때까지*

### 시제8호 해부

| 제1부시험 | 수술대 | 1 |
| --- | --- | --- |
| | 수은도말평면경 | 1 |
| | 기압 | 두 배의 평균기압 |
| | 온도 | 개무(皆無) |

위선마취(爲先痲醉)된정면으로부터입체와입체를위한입체가구비(具備)된전부를평면경에영상(映像)시킴. 평면경에수은을현재와반대측면에도말이전(塗沫移轉)함. (광선침입방지에주의하여) 서서히마취를해독함. 일축철필(一軸鐵筆)과일장백

---

* 낙백하다. '넋을 잃다'는 뜻이다.

지(一張白紙)를지급함. (시험담임인은피시험인과포옹함을절대기피할것) 순차수술실로부터피시험인을해방함. 익일(翌日). 평면경의종축(縱軸)을통과하여평면경을이편(二片)에절단함. 수은도말2회(水銀塗沫二回).

ETC 아직그만족한결과를수습치못하였음.

제2부시험　　　　　직립한 평면경　　　　　1

　　　　　　　　　　조수(助手) ___　　　　　수명(數名)


야외의진실을선택함. 위선마취(爲先麻醉)된상지(上肢)의첨단을경면에부착시킴. 평면경의수은을박락(剝落)함. 평면경을후퇴시킴. [이때영상된상지(上脂)는반드시초자(硝子)를무사통과겠다는것으로가설(假設)함] 상지(上肢)의종단(終端)까지. 다음수은도말(水銀塗沫). (재래면에) 이순간공전(公轉)과자전(自轉)으로부터그진공(眞空)을강차(降車)시킴. 완전히두개의상지(上脂)를접수하기까지. 익일(翌日). 초자(硝子)를전진시킴. 연(連)하여수은주를재래면에도말(塗沫)함(상지의처분)[혹은멸형(滅形)] 기타. 수은도말면(水銀塗沫面)의변경과전진후퇴의중복등(重複等).

ETC 이하미상


**시제9호 총구**

매일같이열풍(列風)이불더니드디어내허리에큼직한손이와

닿는다. 황홀한지문골짜기로내땀내가스며들자마자 쏘아라. 쏘
으리로다. 나는내소화기관에묵직한총신(銃身)을느끼고내다물
은입에매끈매끈한총구를느낀다. 그러더니나는총쏘으듯이눈을
감으며한방총탄대신에나는참나의입으로무엇을내어뱉었더냐.

### 시제10호 나비

찢어진벽지에죽어가는나비를본다. 그것은유계(幽界)*에낙역
(絡繹)**되는비밀한통화구(通話口)다. 어느날거울가운데의수
염에죽어가는나비를본다. 날개축처어진나비는입김에어리는가
난한이슬을먹는다. 통화구를손바닥으로꼭막으면서내가죽으면
앉았다일어서듯이나비도날라가리라. 이런말이결코밖으로새어
나가지는않게한다.

### 시제11호

그사기컵은내해골과흡사하다. 내가그컵을손으로꼭쥐었을때
내팔에서는난데없는팔하나가접목(接木)처럼돋치더니그팔에
달린손은그사기컵을번쩍들어마룻바닥에메여부딪는다. 내팔은
그사기컵을사수하고있으니산산이깨어진것은그럼그사기컵과
흡사한내해골이다. 가지났던팔은배암과같이내팔로기어들기전

---

\* '저승'을 뜻한다.
\*\* '낙역하다'의 어근으로 '왕래가 끊임이 없다'는 뜻이다.

에내팔이혹움직였던들홍수를막은백지(白紙)는찢어졌으리라. 그러나내팔은여전히그사기컵을사수한다.

## 시제12호

때묻은빨래조각이한뭉텅이공중으로날라떨어진다. 그것은흰 비둘기의떼다. 이손바닥만한한조각하늘저편에전쟁이끝나고평 화가왔다는선전이다. 한무더기비둘기의떼가깃에묻은때를씻는 다. 이손바닥만한하늘이편에방망이로흰비둘기의떼를때려죽이 는불결한전쟁이시작된다. 공기에숯검정이가지저분하게묻으면 흰비둘기의떼는또한번이손바닥만한하늘저편으로날아간다.

## 시제13호

내팔이면도칼을 든채로끊어져떨어졌다. 자세히보면무엇에몹 시 위협당하는것처럼샛파랗다. 이렇게하여잃어버린내두개팔을 나는 촉대세움으로내방안에장식하여놓았다. 팔은죽어서도 오 히려나에게겁을내이는것만같다. 나는이런얇다란예의를화초분 보다도사량스레여긴다.

## 시제14호

고성(古城)앞풀밭이있고풀밭위에나는모자를벗어놓았다.

성(城)위에서나는내기억에꽤무거운돌을매어달아서는내힘 과거리(距離)껏팔매질첬다. 포물선을역행하는역사의슬픈울음

소리. 문득성(城)밑내모자곁에한사람의걸인이장승과같이서있는것을내려다보았다. 걸인은성밑에서오히려내위에있다. 혹은종합된역사의망령인가. 공중을향하여놓인내모자의깊이는절박한하늘을부른다. 별안간걸인은율율(慄慄)한풍채를허리굽혀한개의돌을내모자속에치뜨려넣는다. 나는벌써기절하였다. 심장이두개골속으로옮겨가는지도가보인다. 싸늘한손이내이마에닿는다. 내이마에는싸늘한손자죽이낙인되어언제까지지워지지않았다.

## 시제15호

1

나는거울없는실내에있다. 거울속의나는역시외출중이다. 나는지금거울속의나를무서워하며떨고있다. 거울속의나는어디가서나를어떻게하려는음모를하는중일까.

2

죄를품고식은침상에서잤다. 확실한내꿈에나는결석(缺席)하였고의족(義足)을담은군용화가내꿈의백지를더럽혀놓았다.

3

나는거울있는실내로몰래들어간다. 나를거울에서해방하려고. 그러나거울속의나는침울한얼굴로동시에꼭들어온다. 거울속의

나는내게미안한뜻을전한다. 내가그때문에영어(囹圄)*되어있듯이그도나때문에영어(囹圄)되어떨고있다.


4

내가결석한나의꿈. 내위조(僞造)가등장하지않는내거울. 무능이라도좋은나의고독의갈망자다. 나는드디어거울속의나에게자살을권유하기로결심하였다. 나는그에게시야도없는들창(窓)을가리키었다. 그들창은자살만을위한들창이다. 그러나내가자살하지아니하면그가자살할수없음을그는내게가르친다. 거울속의나는불사조에가깝다.


5

내왼편가슴심장의위치를방탄금속으로엄폐하고나는거울속의내왼편가슴을겨누어권총을발사하였다. 탄환은그의왼편가슴을관통하였으나 그의심장은바른편에있다.


6

모형심장에서붉은잉크가엎질러졌다. 내가지각한내꿈에서나는극형(極刑)을받았다. 내꿈을지배하는자는내가아니다. 악수할수조차없는두사람을봉쇄한거대한죄가있다.

---

* '감옥'을 뜻한다.

# 정식(正式)

## 정식

I

해저에가라앉는한개닻처럼소도(小刀)가그구간(軀幹)속에멸형(滅形)하여버리더라완전히닳아없어졌을때완전히사망한한개소도가위치에유기(遺棄)되어있더라

## 정식

II

나와그알지못할험상궂은사람과나란히앉아뒤를보고있으면기상(氣象)은다몰수되어없고선조가느끼던시사(時事)의증거가최후의철(鐵)의성질로두사람의교제를금하고있고가졌던농담의마지막순서를내어버리는이정돈(停頓)한암흑가운데의분발(奮發)은참비밀이다그러나오직그알지못할험상궂은사람은나의이런노력의기색을어떻게살펴알았는지그때문에그사람이아무것도모른다하여도나는또그때문에억지로근심하여야하고지상맨끝정리(整理)인데도깨끗이마음놓기참어렵다

## 정식

### III

웃을수있는시간을가진표본두개골에근육이없다

## 정식

### IV

너는누구냐그러나문밖에와서문을두드리며문을열라고외치
니나를찾는일심(一心)이아니고또내가녀를도무지모른다고한
들나는차마그대로내어버려둘수는없어서문을열어주려하나문
은안으로만고리가걸린것이아니라밖으로도너는모르게잠겨있
으니안에서만열어주면무엇을하느냐너는누구기에구태여닫힌
문앞에탄생하였느냐

## 정식

### V

키가크고유쾌한수목이키작은자식을낳았다궤조(軌條)가평
편한곳에풍매식물(風媒植物)의종자가떨어지지만냉담한배척
(排斥)이한결같아관목은초엽(草葉)으로쇠약하고초엽은하향하
고그밑에서청사(靑蛇)는점점수척하여가고땀이흐르고머지않
은곳에서수은이흔들리고숨어흐르는수맥에말뚝박는소리가들
렸다

## 정식

### Ⅵ

시계가뻐꾸기처럼뻐꾹그러길래쳐다보니목조뻐꾸기하나가
와서모로앉는다그럼저게울었을리도없고제법울까싶지도못하
고그럼아까운뻐꾸기는날아갔나

# 역단(易斷)

## 화로

방(房)거죽에극한(極寒)이와닿았다. 극한(極寒)이방(房)속을넘본다. 방(房)안은견딘다. 나는독서의뜻과함께힘이든다. 화로를꽉쥐고집의집중을잡아땡기면유리창이움폭해지면서극한이혹처럼방을누른다. 참다못하여화로는식고차갑기때문에나는적당스러운방안에서쩔쩔맨다. 어느바다에조수(潮水)가미나보다. 잘다져진방바닥에서어머니가생기고어머니는내아픈데에서화로를떼어가지고부엌으로나가신다. 나는겨우폭동을기억하는데내게서는억지로가지가돋는다. 두팔을벌리고유리창을가로막으면빨래방망이가내등의더러운의상(衣裳)을뚜들긴다. 극한을걸커미는어머니— 기적(奇蹟)이다. 기침약처럼따끈따끈한화로를한아름담아가지고내체온위에올라서면독서는겁이나서곤두박질을친다.

## 아침

캄캄한공기를마시면폐에해롭다. 폐벽(肺壁)에 끄름*이앉는

---

* '그을음'의 방언이다.

다. 밤새도록나는옴살을앓는다. 밤은참많기도하더라. 실어내가
기도하고실어들여오기도하고하다가잊어버리고새벽이된다. 폐
에도아침이켜진다. 밤사이에무엇이없어졌나살펴본다. 습관이
도로와있다. 다만내치사(侈奢)한책이여러장찢겼다. 초췌한결
론위에아침햇살이자세히적힌다. 영원히그코없는밤은오지않을
듯이.

## 가정

　문을암만잡아당겨도안열리는것은안에생활이모자라는까닭
이다. 밤이사나운꾸지람으로나를조른다. 나는우리집내문패앞
에서여간성가신게아니다. 나는밤속에들어서서제웅처럼자꾸만
감(減)해간다. 식구야봉(封)한창호(窓戶)어데라도한구석터놓
아다고내가수입(收入)되어들어가야하지않나. 지붕에서리가내
리고뾰족한데는침(鍼)처럼월광이묻었다. 우리집이앓나보다그
러고누가힘에겨운도장을찍나보다. 수명(壽命)을헐어서전당잡
히나보다. 나는그냥문고리에쇠사슬늘어지듯매여달렸다. 문을
열려고안열리는문을열려고.

## 역단

　그이는백지위에다연필로한사람의운명을흐릿하게초(草)를잡
아놓았다. 이렇게홀홀한가. 돈과과거를거기다가놓아두고잡답
(雜沓)속으로몸을기입하여본다. 그러나거기는타인과약속된악

수(握手)가있을뿐, 다행히공란을입어보면장광(長廣)도맞지않
고안들인다. 어떤빈터전을찾아가서실컷잠자코있어본다. 배가
아파들어온다. 고(苦)로운발음을다삼켜버린까닭이다. 간사한
문서를때려주고또멱살을잡고끌고와보면그이도돈도없어지고
피곤한과거가멀거니앉아있다. 여기다좌석을두어서는안된다고
그사람은이로위치를파헤쳐놓는다. 비켜서는악식(惡息)에허망
과복수(復讐)를느낀다. 그이는앉은자리에서그사람이평생을살
아보는것을보고는살짝달아나버렸다.

### 행로

기침이난다. 공기속에공기를힘들여배앝아놓는다. 답답하게
걸어가는길이내스토오리요기침해서찍는구두(句讀)를심심한
공기가주물러서삭여버린다. 나는한장(章)이나걸어서철로를건
너지를적에그때누가내경로를디디는이가있다. 아픈것이비수
(匕首)에베어지면서철로와열십(十)자로어울린다. 나는무너지
느라고기침을떨어뜨린다. 웃음소리가요란하게나더니자조하는
표정위에독한잉크가끼얹힌다. 기침은사념위에그냥주저앉아서
떠든다. 기가탁막힌다.

1936. 2《카톨릭 청년》

# 소영위제(素榮爲題)


1

달빛속에있는네얼굴앞에서내얼굴은한장얇은피부가되
어너를칭찬하는내말씀이발음하지아니하고미닫이를간
질이는한숨처럼동백꽃밭내음새지니고있는네머리털속
으로기어들면서모심듯이내설움을하나하나심어가네나


2

진흙밭헤매일적에네구두뒤축이눌러놓는자욱에비내려
가득고였으니이는온갖네거짓말네농담에한없이고단한
이설움을곡으로울기전에따에놓아하늘에부어놓는내억
울한술잔네발자욱이진흙밭을헤매이며헤뜨려놓음이냐


3

달빛이내등에묻은거적자욱에앉으면내그림자에는실고
추같은피가아물거리고대신혈관에는달빛에놀래인냉수
가방울방울젖기로너너는내벽돌을씹어삼킨원통하게배
고파이지러진헝겊심장을들여다보면서어항이라하느냐

# 꽃나무

　벌판한복판에 꽃나무하나가있소 근처에는 꽃나무가하나도
없소 꽃나무는제가생각하는꽃나무를 열심으로생각하는것처럼
열심으로꽃을피워가지고섰소. 꽃나무는제가생각하는꽃나무에
게갈수없소 나는막달아났소 한꽃나무를위하여 그러는것처럼
나는참그런이상스러운흉내를내었소.

# 이런 시(詩)

　역사(役事)를하노라고 땅을파다가 커다란돌을하나 끄집어내
어놓고보니 도무지어디서인가 본듯한생각이들게 모양이생겼는
데 목도들이 그것을메고나가더니 어디다갖다버리고온모양이기
에 쫓아나가보니 위험하기짝이없는큰길가더라.

　그날밤에 한소나기하였으니 필시그돌이깨끗이씻겼을터인데
그이튿날가보니까 변괴로다 간데온데없더라. 어떤돌이와서 그
돌을업어갔을까 나는참이런처량한생각에서 아래와같은작문을
지었도다.

　"내가 그다지 사랑하던 그대여 내한평생에 차마 그대를 잊을
수없소이다. 내차례에 못올사랑인줄은 알면서도 나혼자는 꾸준
히생각하리다. 자그러면 내내어여쁘소서."

　어떤돌이 내얼굴을 물끄러미 치어다보는것만같아서 이런시
는 그만찢어버리고싶더라.

# 1933. 6. 1

    천칭(天秤)위에서 삼십년동안이나 살아온 사람 (어떤과학자) 삼십만개나넘는 별을 다헤어놓고만 사람 (역시) 인간칠십 아니이십사년동안이나 뻔뻔히살아온 사람 (나)

    나는 그날 나의자서전에 자필의부고를 삽입하였다 이후나의 육신은 그런고향에는있지않았다 나는 자신나의시(詩)가 차압 당하는꼴을 목도하기는 차마 어려웠기 때문에.

1933. 7 《카톨릭 청년》

# 지비(紙碑)

내키는커서다리는길고왼다리아프고아내키는작아서다리는짧고바른다리가아프니내바른다리와아내왼다리와성한다리끼리한사람처럼걸어가면아아이부부는부축할수없는절름발이가되어버린다무사(無事)한세상이병원이고꼭치료를기다리는무병(無病)이끝끝내있다

# 거울

거울속에는소리가없소
저렇게까지조용한세상은참없을것이오

◇

거울속에도내게귀가있소
내말을못알아듣는딱한귀가두개나있소

◇

거울속의나는왼손잡이오
내악수를받을줄모르는——악수를모르는왼손잡이오

◇

거울때문에나는거울속의나를만져보지를못하는구료마는
　거울아니었던들내가어찌거울속의나를만나보기만이라도했
겠소

◇

나는지금거울을안가졌소마는거울속에는늘거울속의내가있소
잘은모르지만외로된사업에골몰할게요

거울속의나는참나와는반대요마는
또꽤닮았소
나는거울속의나를근심하고진찰할수없으니퍽섭섭하오

1933. 10 《카톨릭 청년》

수상(隨想)

# 공포의 기록

**서장(序章)**

생활, 내가 이미 오래 전부터 생활을 갖지 못한 것을 나는 잘 안다. 단편적으로 나를 찾아오는 '생활 비슷한 것'도 오직 '고통'이란 요괴뿐이다. 아무리 찾아도 이것을 알아줄 사람은 한 사람도 없다.

무슨 방법으로든지 생활력을 회복하려 꿈꾸는 때도 없지는 않다. 그것 때문에 나는 입때 자살을 안 하고 대기의 자세를 취하고 있는 것이다— 이렇게 나는 말하고 싶다만.

제2차의 각혈이 있은 후 나는 어슴푸레하게나마 내 수명에 대한 개념을 파악하였다고 스스로 믿고 있다.

그러나 그 이튿날 나는 작은어머니와 말다툼을 하고 맥박 백이십오의 팔을 안은 채, 나의 물욕을 부끄럽다 하였다. 나는 목을 놓고 울었다. 어린애같이 울었다.

남 보기에 퍽이나 추악했을 것이다. 그러다 나는 내가 왜 우는가를 깨닫고 곧 울음을 그쳤다.

나는 근래의 내 심경을 정직하게 말하려 하지 않는다. 말할 수 없다. 만신창이의 나이언만 약간의 귀족 취미가 남아 있기

때문이다. 그러나 만약 남 듣기 좋게 말하자면 나는 절대로 내 자신을 경멸하지 않고 그 대신 부끄럽게 생각하리라는 그러한 심리로 이동하였다고 할 수는 있다. 적어도 그것에 가까운 것만은 사실이다.

## 불행한 계승

사월로 들어서면서는 나는 얼마간 기동할 정신이 났다. 각혈하는 도수도 훨씬 뜨고 또 분량도 훨씬 줄었다. 그러나 침침한 방 안으로 후틋한 공기가 들어와서 미적지근하게 미적지근한 체온과 어울릴 적에 피로는 겨울 동안보다 훨씬 더한 것 같음은 제 팔뚝을 들 힘조차 제게 없는 것이다. 하도 답답하면 나는 툇마루에 볕이 드는 대로 나와 앉아서 반쯤 보이는 닭의 장 쪽을 보려고 그래서가 아니라 보이니까 멀거니 보고 있자면 의례히 작은어머니가 그 닭의 장을 얼싸안고 얼미적얼미적 하는 것이다. 저것은 즉 고 덜 여물어서 알을 안 까는 암탉들을 내려다보면서 언제나 요것들을 길러서 누이를 보나 하는 고약한 어머니들의 제 딸 노리는 그게 아닌가 내 눈에 비치는 것이다.

나는 물론 이래서는 안 된다고 생각한다. 작은어머니 얼굴을 암만 봐도 미워할 데가 어디 있느냐. 넓은 이마, 고른 치아의 열, 알맞은 코, 그리고 작은아버지만 살아 계시면 아직도 얼마든지 연연한 애정의 색을 띠울 수 있는 총기있는 눈하며 다 내가 좋아하는 부분부분인데 어째 그런지 그런 좋은 부분들이 종합된

'작은어머니'라는 인상이 나로 하여금 증오의 염(念)을 일으키게 한다.

　물론 이래서는 못쓴다. 이것은 분명히 내 병이다. 오래오래 사람을 싫어하는 버릇이 살피고 살펴서 급기야에 이 모양이 되고 만 것에 틀림없다. 그렇다고 내 육친까지를 미워하기 시작하다가는 나는 참 이 세상에 의지할 곳이 도무지 없어지는 것이 아니냐. 참 안됐다.

　이런 공연한 망상들이 벌써 나을 수도 있었을 내 병을 자꾸 덧들리게 하는 것일 것이다. 나는 마음을 조용히 또 순하게 먹어야 할 것이라고 여러 번 괴로워하는데 그렇게 괴로워하는 것은 도리어 또 겹겹이 짐 되는 것도 같아서 나는 차라리 방심 상태를 꾸미고 방 안에서는 천장만 쳐다보거나 나오면 허공만 쳐다보거나 하재도 역시 나를 싸고도는 온갖 것에 대한 증오의 염이 무럭무럭 구름 일 듯하는 것을 영 막을 길이 없다.


　비가 두어 번 왔다. 싹이 트려나 보다. 내려다보는 지면이 갈수록 심상치 않다. 바람이 없이 조용한 날은 툇마루에 드는 볕을 가만히, 잡기만 하면 퍽 따뜻하다. 이렇게 따뜻한 볕을 쬐이면서 이렇게 혼곤한데 하필 사람만을 미워해야 되는 까닭이 무엇이냐.

　사람이 나를 싫어할 성싶은데 나도 사실 내가 싫다. 이렇게 저를 사랑할 줄도 모르는 인간이 남을 위할 줄 알 수 있으랴. 없다. 그러면 나는 참 불행하구나.

　이런 망상을 시작하면 정말이지 한이 없다. 그러니까 나는 힘이 들고 힘이 드는 것이 싫어도 움직여야 한다. 나는 헌 구두 짝을 끌고 마당으로 나가서 담 한 모퉁이를 의지해서 꾸며 놓은 닭의 집 가까이 가 본다.

　혹 나는 마음으로 작은어머니에게 사과하려는 것인지도 모른다. 그런데 또 이것은 왜 그러나— 작은어머니는 나를 보더니 얼른 안으로 들어가 버린다. 저러기 때문에 안 된다는 것이다. 닭의 집 높이가 내 턱 좀 못 미치기 때문에 나는 거기 가로질린 나무에 턱을 받치고 닭의 집 속을 내려다보고 있자니까 내음새도 어지간한데 제일 그 수탉이 딱해 죽겠다. 공연히 성이 대밑동까지 나서 모가지 털을 벌컥 일으켜 세워 가지고는 숨이 헐레벌떡 헐레벌떡 야단법석이다. 제 딴은 그 가운데 막힌 철망을 뚫고 이쪽 암탉들 있는 데로 가고 싶어서 그러는 모양인데 사람 같으면 그만하면 못 넘어갈 줄 알고 그만둠 직하건만 이놈은 참 성벽이 대단하다. 가끔 철망 무너진 구멍에 무작정하고 목을 틀어박았다가 잘 나오지 않아서 눈을 감고 긱긱 소리를 지르다가 가까스로 빠져나가는 걸 보고 저놈이 그만하면 단념하였다 하고 있으면 그래도 여전히 야단이다. 나는 그만 그놈의 근기에 진력이 나서 못생긴 놈, 미련한 놈, 하고 혼자서 화를 벌컥 내어 보다가도 또 그놈의 그런 미칠 것 같은 정열이 다시없이 부럽기도 하고 존경해야 할 것같이 생각키기도 해서 자세히 본다.

그런데 암탉들은 어떠냐 하면 영 본숭만숭이다. 모-른 체하고 그저 모이 주워 먹기에만 열중이다. 아하 저러니까 수탉이란 놈이 화가 더 날밖에 하고 나는 그 새침데기 암탉들을 안타깝게 생각한 것이다. 좀 가끔 수탉 쪽을 한두 번쯤 건너다가도 보아 주지 원—하고 나도 실없이 화가 난다. 수탉은 여전히 모이 주워 먹을 생각도 하지 않고 뒤법석을 치는데 좀처럼 허기도 지지 않는다.

이러다가 나는 저 수탉이 대체 요 세 마리 암탉 중의 어떤 놈을 노리는 것인가 좀 살펴보기로 하였다. 물론 수탉이란 놈의 변두가 하도 두리번거리니까 그놈의 시선만 가지고는 알아차리기가 어렵다. 그래서 나는 보통 사람 남자가 여자 보는 그런 눈으로 한번 보아야겠다.

얼른 보기에 사람의 눈으로는 짐승의 얼굴을 사람이 아무개 아무개 하듯 구별하기는 어려운 것같이 보이는데 또 그렇지도 않다. 자세히 보면 저마다 특징다운 특징이 있고 성미도 제각기 다르다. 요 암탉 세 마리도 기뻐하여서 얼른 보기에는 고놈이 고놈 같고 하더니 얼마큼이나 들여다보니까 모두 참 다르다.

키가 작달막하고, 눈앞이 검고, 털이 군데군데 빠지고 흙투성이의 그중 더러운 암탉 한 마리가 내 눈에 띄었다. 새침한 중에도 새침한 품이 풋고추같이 맵겠다. 그렇게 보니 그럴 성도 싶은 게 모이를 먹다가는 때때로 흘깃흘깃 음분(淫奔)한 계집같이 곁눈질을 곧잘 한다. 금방 달려들어 모래라도 한 줌 끼얹어 주었으면 하는 공연한 충동을 느끼나 그러나 허리를 굽히기가 싫다. 속 모르는 수탉은 수선도 피우는구나.

아무것도 생각 않는 게 상수다. 닭들의 생활에도 그런 갸륵한 분쟁이 있으니 하물며 사람의 탈을 쓴 나에게 수없는 번거로움이 어찌 없으랴. 가엾은 수탉에 내 자신을 비겨 보고 비겨 보고 나는 다시 헌 구두 짝을 질질 끈다. 바람이 없어서 퍽 따뜻하다. 싹이 트려나보다.


얼굴이 이렇게까지 창백한 것이 웬일일까 하고 내가 번민해서—

내 황막한 의학 지식이 그예 진단하였다.— 회충—

그렇지만 이 진단에는 심원한 유서(由緒)가 있다. 회충이 아니면 십이지장충—십이지장충이 아니면 조충(絛虫)—이러리라는 것이다.

회충약을 써서 안 들으면, 십이지장충약을 쓰고, 십이지장충약을 써서 안 들으면 조충약을 쓰고, 조충약을 써서 안 들으면 그 다음은 아직 연구해보지 않았다.


어떤 몹시 불쾌한 하루를 선택하여 위선(爲先) 회충산(蛔虫

散)을 돈복(頓服)*하였다.

안다. 두 끼를 절식해야 한다는 것도, 복약 후에 반드시 혼도
(昏倒)한다는 것도.

대낮이다. 이부자리를 펴고 그 속으로 움푹 들어가서 너부죽
이 누워서, 이래도? 하고 그 혼도라는 것이 오기를 기다렸다.

기다리는 마음이 늘 초조한 법, 귀로 위 속이 버글버글하는
소리를 알아듣고 눈으로 방 네 귀가 정말 뒤틍그러지려나 보고,
옆구리만 좀 근질근질해도 아하 요게 혼도라는 놈인가 보다 하
고 긴장한다.

그랬건만 딱한 일은 끝끝내 내가 혼도 않고 그만두었다는 것
이다.

세 시를 쳐도 역시 그 턱이다. 나는 그만 흥분했다. 혼도커녕
은 정신이 말똥말똥하단 말이다. 이럴 리가 없는데.

그렇다고 금방 십이지장충약을 써보기도 싫다. 내 진단이 너
무나 허황한 데 스스로 놀라고 또 그 약을 구해야 할 노력이 아
깝고 귀찮다.

구름 파듯 뭉게뭉게 불쾌한 감정이 솟아오른다. 이러다가는
저녁 지으시는 작은어머니와 또 싸우겠군— 얼마 후에 나는 히
죽히죽 모자도 안 쓰고 거리로 나섰다.

---

* 약 따위를 나누지 아니하고 한꺼번에 다 먹다.

막 다방에를 들어서니까 수 군(壽君)이 마침 문간을 나서면서 손바닥을 보인다.

"쉬…… 자네 마누라 와 있네."

나는 정신이 번쩍 났다.

"얘 요것 봐라."

하고 무작정 그리 들어서려는 것을 수 군이 아예 말리는 것이다.

"만좌지중에서 망신 톡톡히 당할 테니 염체 어델."

"그런가—."

입맛을 쩍 쩍 다시면서 발길을 돌리기는 돌렸으나 먼발치서라도 어디 좀 보고 싶었다.

솜옷을 입고 아내가 나갔거늘 이제 철은 홑것을 입어야 하니 넉 달 지간이나 되나 보다.

나를 배반한 계집이다. 삼 년 동안 끔찍이도 사랑하였던 끝장이다. 따귀도 한 대 갈겨 주고 싶다. 호령도 좀 하여 주고 싶다. 그러나 여기는 몰려드는 사람이 하나도 내 얼굴을 모르는 사람이 없는 다방이다. 장히 모양도 사나우리라.

"자네 만나면 헐 말이 꼭 한마디 있다대."

"어쩌라누?"

"사생결단을 하겠대대."

"어이쿠."

나는 몹시 놀래어 보이고 '레이몬드 하튼'같이 빙글빙글 웃었다. '아내— 마누라'라는 말이 낮잠과도 같이 옆구리를 간질인다. 그 '이미지'는 벌써 먼 바다를 건너간다. 이미 파도 소리까지 들리지 않느냐. 이러한 환상 속에 떠오르는 내 자신은 언제든지 광채 나는 '루바슈카'* 를 입었고 퇴폐적으로 보인다. 소년과 같이 창백하고도 무시무시한 풍모이다. 어떤 때는 울기도 했다. 어떤 때는 어딘지 모르는 먼 나라의 십자로를 걸었다.

수 군에게 끌려 한강으로 나갔다. 목선(木船)을 하나 빌려 맥주도 싣고 상류로 거슬러 동작리 갯가에다 대어 놓고 목노 찾아 취토록 먹었다. 황혼에 수평은 시야와 어우러져서 아물아물 허공에 놓인 비조(飛鳥)처럼 이 허망한 슬픔을 참 어디다 의지해야 옳을지 비철거리지 않을 수 없었다.

"웅— 넉 달이 지나서 인제? 네가 내게 헐 말은 뭐냐? 얘 더리고 더리다."

"이건 왜 변변치 못하게 이러는 거야."

"아—니, 아니, 일테면 그렇다 그 말이지, 고론 앙큼스런 놈의 계집이 또 있을 수가 있나."

"글쎄 관둬, 관둬."

"관두긴 허겠지만 어차피 말을 허자구 자연 말이 이렇게쯤 나가지 않겠느냐 그런 말이야."

"이렇게 못생긴 건 내 보길 처엄 보겠네 원—"

---

* 러시아의 민속의상을 뜻한다.

"기집이란 놈의 물건이 아무리 독헌 물건이기루 고렇게 싹 칼루 에인 듯이 돌아설 수가 있냐고."

우리들은 술이 살렸다. 나야말로 술 없이 사는 도리가 없었다.

노들서 또 먹었다. 전후불각으로 취하여 의식을 완전히 잃어 버려야겠어서 그랬다.

넉 달— 장부답지 못하게 뒤끓던 마음이 그만하고 차츰차츰 가라앉기 시작하려는 이 철에 뭐냐. 부전(附箋) 붙은 편지 모양으로 때와 손자죽이 잔뜩 묻은 채 돌아오다니.

"요 얌체두 없는 것아, 요, 요, 요."

나는 힘껏 고성 질타로 제 자신을 조소하건만도 이와 따로 밑동 치운 대목(大木) 기울 듯 자분참 기우는 이 어리석지 않고 들을 소리도 없는 마음을 주체하는 방법이 없는 것이었다.

넉 달— 이 동안이 결코 짧지가 않다. 한 사람의 아내가 남편을 배반하고 집을 나가 넉 달을 잠잠하였다면 아내는 그예 용서받을 자격이 없는 것이요 남편은 꿀꺽 참아서라도 용서하여서는 안 된다.

"이 천하의 공규(公規)를 너는 어쩌려느냐."

와서 그야말로 단죄를 달게 받아 보려는 것일까.

어떤 점을 붙잡아 한 여인을 믿어야 옳을 것인가. 나는 대체 종잡을 수가 없어졌다.

하나같이 내 눈에 비치는 여인이라는 것이 그저 끝없이 경조부박(輕佻浮薄)한 음란한 요물에 지나지 않는 것이 없다.

생물이 이렇다는 의의를 홀떡 잃어버린 나는 환관(宦官)이나 무엇이 다르랴. 산다는 것은 내게 딴은 필요 이상의 '야유'에 지나지 않는다.

그것은 무슨 한 여인에게 배반당하였다는 고만 이유로 해서 그렇다는 것 아니라 사물의 어떤 '포인트'로 이 믿음이라는 역학의 지점을 삼아야겠느냐는 것이 전혀 캄캄하여졌다는 것이다.

"믿다니 어떻게 믿으라는 것인구."

함부로 예 제 침을 퉤퉤 뱉으면서 보조(步調)는 자못 어지럽고 비창한 것이었다. 술을 한 모금이라도 마시고 나면 약삭빨리 내 심경에 아첨하는 이 전신의 신경은 번번이 대담하게도 천변지이가 이 일신(一身)에 벼락치기를 바라고 바라고 하는 것이었다.

"경칠 화물자동차에나 질컥 치여 죽어 버리지. 그랬으면 이렇게 후덥지근한 생활을 면(免)허기래두 허지."

하고 주책없이 중얼거려 본다. 그러나

짜장 화물자동차가 탁 앞으로 닥칠 적이면 덴겁을 해서* 피하는 재주가 세상의 어떤 사람보다도 능히 빠르다고는 못해도 비슷했다. 그럴 적이면 혀를 쑥 내밀어 제 자신을 조롱하였습네 하고 제 자신을 속여 버릇하였다.

이런 넉 달—

---

* 덴겁하다. 뜻밖의 일로 놀라서 허둥지둥하다.

이런 넉달이 지나고 어리석은 꿈을 그럭저럭 어리석은 꿈으로 돌릴 줄 알 만한 시기에 아내는 꿈을 거친 걸음걸이로 역행하여 여기 폭군의 인상으로 나타난 것이다.

나는 어떻게 해야 하나? 거암(巨岩)과 같은 불안이 공기와 호흡의 중압이 되어 덤벼든다. 나는 야행 열차와 같이 자야 옳을는지도 모른다.

### 추악한 화물(貨物)

그예 찾아내고 말았다.

나는 안을 들여다보았다. 풀칠한 현관 유리창에 거무데데한 내 얼굴의 '하이라이트'가 비칠 뿐이다. 물론 아무것도 보이지는 않았다.

나는 그 자리에 주저앉고 만다. 내 바로 옆에서 한 마리의 개가 흙을 파고 있다. 드러누웠다. 혀를 내민다. 혀가 깃발같이 굽이치는 게 픽 고단해 보였다.

─온돌방 한 칸과 '이첩칸(二疊間)' 이렇단다. 굳게 못질을 하여 놓았다. 분주하게 드나드는 쥐새끼들은 이 집에 관해서 아무것도 나에게 전하지 않는다.

안면 근육이 별안간 바작바작 오그라드는 것 같다. 살이 내리나 보다. 사람은 이렇게 하루에도 몇 번씩 살이 내리고 오르고 하나 보다.

―날라와야겠다, 그 오물 투성이의 대화물을!

절이나 하는 듯이 '대가(貸家)'라 써 붙인 목패 옆에 조그마한 명함(名啣) 한 장이 꽂혀 있다. 한○○, 전등료는 ○○정(町) ○○번지로 받으러 오시오. (거짓말 말아라) 이 한○○란 사나이도 오물 투성이의 대화물을 질질 끌고 이리저리 방황했을 것이어늘― ○○정이 어디쯤인가?

(거짓말 말아라)

왜 사람들은 이삿짐이란 대화물을 운반해야 할 구차(苟且) 기구(崎嶇)한 책임을 가졌나.

나는 집 뒤로 돌아가 보려 했다. 그러나 길은 곧장 온돌방까지 뚫린 모양이다. 반 칸도 못 되는 컴컴한 부엌이 변소와 마주붙었다. 나는 기가 막혔다. 거기도 못이 굳게 박혀 있다. 나는 기가 막혔다.


성격 파산 무엇 때문에? 나의 교양은 나의 생애와 다름없이 되었다. 헌 누더기 수염도 길렀다. 거리. 땅.

한 번도 아내가 나를 사랑 않는 줄 생각해 본 일조차 없다. 나는 어느 틈에 고상한 국화 모양으로 금시에 수세미가 되고 말았다. 아내는 나를 버렸다. 아내를 찾을 길이 없다.

나는 아내의 구두 속을 들여다본다. 공복(空腹)―절망적 공허가 나를 조롱하는 것 같다. 숨이 가빴다.

그 다음에 무엇이 왔나.

적빈(赤貧)— 중요한 오물들은 집안사람들이 하나 둘 집어내었다. 특히 더러운 상품 가치 없는 오물만이 병균같이 남아 있었다.

하룻날, 탕아는 이 처참한 현상을 내 집이라 생각하고 돌아와 보았다. 뜰 앞에 화초만이 향기롭게 피어 있다. 붉은 열매가 열린 것도 있었다. 그러나 가족들은 여지없이 변형되고 말았고, 기성(奇聲)을 발하여 욕지거린다.

종시 나는 암말 없었다.

이미 만사가 끝났기 때문이다. 나는 혼자서 손바닥만 한 마당에 내려서서 주위를 둘러본다. 내 손때가 안 묻은 물건은 하나도 없다.

나는 책을 태워 버렸다. 산적했던 서신을 태워 버렸다. 그리고 나머지 나의 기념을 태워 버렸다.

가족들은 나의 아내에 관해서 나에게 질문하거나 하지는 않는다. 나는 말하지 않는다.

밤이면 나는 유령과 같이 흥분하여 거리를 뚫었다. 나는 목표를 갖지 않았다. 공복만이 나를 지휘할 수 있었다. 성격의 파편— 그런 것을 나는 꿈에도 돌아보려 않는다. 공허에서 공허로 말과 같이 나는 광분하였다. 술이 시작되었다. 술은 내 몸속에서 향수같이 빛났다.

바른팔이 왼팔을, 왼팔이 바른팔을 가혹하게 매질했다. 날개가 부러지고 파랗게 멍든 흔적이 남았다.

몹시 피곤하다. 아방궁을 준대도 움직이기 싫다. 이 집으로 정해버려야겠다.

—빨리 운반해야 한다. 그 악취가 가득한 육신들을 피를 토하는 내가 헌 구루마 위에 걸레짝같이 실어 가지고 운반해야 한다.

노동이다. 나에게는 생각할 여유조차 없었다.


## 불행의 실천

나는 닭도 보았다. 또 개도 보았다. 또 소 이야기도 들었다. 또 외국서 섬 그림도 보았다. 그러나 나는 너희들에게 이 행운의 열쇠를 빌려주려고는 않는다. 내가 아니면은—보아라 좀 오래 걸렸느냐— 이런 것을 만들어 놓을 수는 없다.

책상다리를 하고 앉은 채 그냥 앉아 있기만 하는 것으로 어떻게 이렇게 힘이 드는지 모른다. 벽은 육중한데 외풍은 되고 천장은 여름 모자처럼 이 방의 감춘 것을 뚜껑 제치고 고자질하겠다는 듯이 선뜻하다. 장판은 뼈가 저리게 하지 않으면 안절부절을 못하게 달른다. 반닫이에 바른 색종이는 눈으로 보는 폭탄이다.

그저께는 그끄저께보다 여위고 어저께는 그저께보다 여위고 오늘은 어저께보다 여위고 내일은 오늘보다 여윌 터이고— 나는 그럼 마지막에는 보송보송한 해골이 되고 말 것이다.

이 불쌍한 동물들에게 무슨 방법으로 죽을 먹이나. 나는 방탕한 장판 위에 넘어져서 한없는 '죄'를 섬겼다. [종사(從事)]

'죄'— 나는 시냇물 소리에서 가을을 들었다. 마개 뽑힌 가슴에 담을 무엇을 나는 찾았다. 그리고 스스로 달래었다. 가만있으라고, 가만있으라고—

그러나 드디어 참다못하여 가을비가 소조(蕭條)하게 내리는 어느 날 나는 화덕을 팔아서 냄비를 사고, 냄비를 팔아서 풍로를 사고, 냉장고를 팔아서 식칼을 사고, 유리그릇을 팔아서 사기그릇을 샀다.

처음으로 먹는 따뜻한 저녁 밥상을 낯선 네 조각의 벽이 에워쌌다. 육 원— 육 원어치를 완전히 다 살기 위하여 나는 방바닥에서 섣불리 일어서거나 하지는 않았다. 언제든지 가구와 같이 주저앉았거나 서까래처럼 드러누웠거나 하였다. 식을까봐 연거푸 군불을 때었고, 구들을 어디 흠씬 얼궈 보려고 중양(重陽)이 지난 철에 사날씩 검부러기 하나 아궁이에 안 넣었다.

나는 나의 친구들의 머리에서 나의 번지수를 지워 버렸다. 아니 나의 복장까지도 말갛게 지워 버렸다. 은근히 먹는 나의 조석이 게으르게 나의 육신에 만연하였다. 나의 영양의 찌꺼기가 나의 피부에 지저분한 수염을 낳았다. 나는 나의 독서를 뾰족하게 접어서 종이비행기를 만든 다음 어린아이와 같이 나의 자기(自棄)를 태워서 죄다 날려 버렸다.

아무도 오지 말라, 안 들일 터이다. 내 이름을 부르지 말라. 칠면조처럼 심술을 내기 쉽다. 나는 이 속에서 전부를 살아 버릴 작정이다. 이 속에서는 아픈 것도 거북한 것도 동에 닿지 않는 것도 아무 것도 없다. 그냥 쏟아지는 것 같은 기쁨이 즐거워 할 뿐이다. 내 맨발이 값비싼 향수에 질컥질컥 젖었다.

　한 달— 맹렬한 절뚝발이의 세월— 그동안에 나는 나의 성격 의 서막을 닫아 버렸다.

　두 달— 발이 맞아 들어왔다.

　호흡은 깨끼저고리처럼 찰싹 안팎이 달라붙었다. 탄도(彈道) 를 잃지 않은 질풍이 가리키는 대로 곧잘 가는 황금과 같은 절 정의 세월이었다. 그동안에 나는 나의 성격을 서랍 같은 그릇에 다 담아 버렸다. 성격은 간데온데가 없어졌다.

　석 달— 그러나 겨울이 왔다. 그러나 장판이 카스텔라 빛으로 타들어 왔다. 얄팍한 요 한 겹을 통해서 올라오는 온기는 가히 비밀을 끄스를만 하다. 나는 마지막으로 나의 특징까지 내어 놓 았다. 그리고 단 한 가지 재조(才操)를 샀다. 송곳과 같은— 송곳 노릇밖에 못하는— 송곳만도 못한 재조를— 과연 나는 녹슨 송 곳 모양으로 멋도 없고 말라 버리기도 하였다.

　혼자서 나쁜 짓을 해보고 싶다. 이렇게 어두컴컴한 방 안에 표본과 같이 혼자 단좌하여 창백한 얼굴로 나는 후회를 기다리 고 있다.

1937. 4《매일신보》

# 약수(藥水)

바른대로 말이지 나는 약수보다도 약주를 좋아하는 편입니다.

술 때문에 집을 망치고 몸을 망치고 해도 술 먹는 사람이면 후회하는 법이 없지만 병이 나으라고 약물을 먹었는데 낫지 않고 죽었다면 사람은 이 트집 저 트집 잡으려 듭니다.

우리 백부께서 몇 해 전에 뇌일혈로 작고하셨는데 평소에 퍽 건강하셔서 피를 어쨌든지 내 짐작으로 화인(火印) 한 되는 쏟았건만 일주일을 버티셨습니다. 마지막에 돈과 약을 물 쓰듯 해도 오히려 구할 길이 없는지라 백모께서 나더러 약수를 길어오라는 것입니다. 그때 친구 한 사람이 악박골 바로 넘어서 살았는데 그저 밥, 국, 김치, 숭늉 모두가 약물로 뒤범벅이었건만 그의 가족들은 그리 튼튼하지도 못할 뿐 아니라 그 먼저 해에는 그의 막내누이를 폐환(肺患)으로 잃어버렸습니다. 그래서 나는 이것은 미신이구나 하고 병을 들고 악박골로 가서 한 병 얻어 가지고 오는 길에 그 친구 집에 들러서 내일은 우리 집에 초상이 날 것 같으니 사퇴(仕退) 시간에 좀 들러 달라고 그래놓고 왔습니다.

백부께서는 혼란된 의식 가운데서도 이 약물을 아마 한 종발이나 잡수셨던가 봅니다. 그리고 이튿날 낮에 운명하셨습니다. 임종을 마치고 나는 뒤꼍으로 가서 오월 속에서 잉잉거리는 벌 떼 파리 떼를 보고 있었습니다. 한물 진 작약꽃 이파리 하나가 만히 졌습니다.

익키! 하고 나는 가만히 깜짝 놀랐습니다. 그래서 또 술이 시작입니다.

백모는 공연히 약물을 잡수시게 해서 그랬느니 마니하고 자꾸 후회를 하시길래 나는 듣기 싫어서 자꾸 술을 먹었습니다.

"세 분 손님 약주 잡수세요." 소리에 어깨를 으쓱거리면서 그 목롯집 마당을 마음에 맞는 친구들과 어우러져서 서성거리는 맛이란 굴비나 암치를 먹어가면서 약물을 퍼먹고 급기야 배탈이 나고 그만두는 프래그머티즘에 견줄 것이 아닙니다.

나는 술이 거나―하게 취해서 어떤 여자 앞에서 몸을 비비 꼬면서 "나는 당신 없이는 못사는 몸이오" 하고 얼러 보았더니 얼른 그 여자가 내 아내가 되어버린 데는 실없이 깜짝 놀랐습니다. 얘― 이건 참 명이로구나 하고 삼 년이나 같이 살았는데 그 여자는 삼 년 동안이나 같이 살아도 이 사람은 그저 세계에 제일 게으른 사람이라는 것밖에는 모르고 그만둔 모양입니다. 게으르지 않으면 부지런히 술이나 먹으러 다니는 게 또 마음에 안 맞았다는 것입니다.

한번은 병이 나서 신애―로 앓으면서 나더러 약물을 떠오라 길래 그것은 미신이라고 그랬더니 뾰로통하는 것입니다. 아내가 가 버린 것은 내가 약물을 안 길어다 주었대서 그런 것 같은데 또 내가 '약주'만 밤낮 먹으러 다니는 것이 보기 싫어서 그런 것도 같고 하여간 나는 지금 세상이 시들해져서 그날그날이 짐짐한데 술 따로 안주 따로 판다는 목로 조합 결의가 아주 마음에 안 들어서 못 견디겠습니다.

누가 술만 끊으면 내 위해 주마고 그러지만 세상에 약물 안 먹어도 사람이 살겠거니와 술 안 먹고는 못 사는 사람이 많은 것을 모르는 말입니다.

1936. 7 《중앙》

# 실낙원(失樂園)

## 소녀

소녀는 확실히 누구의 사진인가 보다. 언제든지 잠자코 있다.

소녀는 때때로 복통이 난다. 누가 연필로 장난을 한 까닭이다. 연필은 유독(有毒)하다. 그럴 때마다 소녀는 탄환을 삼킨 사람처럼 창백하고는 한다.

소녀는 또 때때로 각혈한다. 그것은 부상(負傷)한 나비가 와서 앉는 까닭이다. 그 거미줄 같은 나뭇가지는 나비의 체중에도 견디지 못한다. 나뭇가지는 부러지고 만다.

소녀는 단정(短艇) 가운데 있었다― 군중과 나비를 피하여. 냉각된 수압이― 냉각된 유리의 기압이 소녀에게 시각만을 남겨 주었다. 그리고 허다한 독서가 시작된다. 덮은 책 속에 혹은 서재 어떤 틈에 곧잘 한 장의 '얇다란 것'이 되어 버려서는 숨고 한다. 내 활자에 소녀의 살결 내음새가 섞여 있다. 내 제본(製本)에 소녀의 인두 자죽이 남아 있다. 이것만은 어떤 강렬한 향

139

수(香水)로도 헷갈리게 하는 수는 없을—

　사람들은 그 소녀를 내 처(妻)라고 해서 비난하였다. 듣기 싫다. 거짓말이다. 정말 이 소녀를 본 놈은 하나도 없다.

　그러나 소녀는 누구든지의 처가 아니면 안 된다. 내 자궁 가운데 소녀는 무엇인지를 낳아놓았으니— 그러나 나는 아직 그것을 분만하지는 않았다. 이런 소름 끼치는 지식(智識)을 내어버리지 않고야— 그렇다는 것이— 체내에 먹어 들어오는 연탄(鉛彈)처럼 나를 부식시켜 버리고야 말 것이다.

　나는 이 소녀를 화장(火葬)해 버리고 그만두었다. 내 비공(鼻孔)으로 종이 탈 때 나는 그런 내음새가 어느 때까지라도 저회(低徊)하면서* 사라지려 들지 않았다.

### 육친(肉親)의 장(章)

　기독(基督)에 혹사(酷似)한 한 사람의 남루한 사나이가 있었다. 다만 기독에 비하여 눌변(訥辯)이요 어지간히 무지한 것만이 틀리다면 틀렸다.

　연기(年紀) 오십유일(五十有一).

　나는 이 모조(模造) 기독을 암살하지 아니하면 안 된다. 그렇

---

* 저회하다. 머리를 숙이고 생각에 잠겨 왔다 갔다 하다.

지 아니하면 내 일생을 압수하려는 기색이 바야흐로 농후하다.

한 다리를 절름거리는 여인— 이 한 사람이 언제든지 돌아선 자세로 내게 육박한다. 내 근육과 골편과 또 약소한 입방의 청혈(清血)과의 원가 상환을 청구하는 모양이다. 그러나—

내게 그만한 금전이 있을까. 나는 소설을 써야 서 푼도 안 된다. 이런 흉장의 배상금을— 도리어— 물어내라 그러고 싶다. 그러나—

어쩌면 저렇게 심술궂은 여인일까. 나는 이 추악한 여인으로부터도 도망하지 아니하면 안 된다.

단 한 개의 상아 스틱. 단 한 개의 풍선.


묘혈에 계신 백골까지 내게 무엇인가를 강청(强請)하고 있다. 그 인감은 이미 실효된 지 오랜 줄은 꿈에도 생각하지 않고.


[그 대상(代償)으로 나는 내 지능의 전부를 포기하리라.]


칠 년이 지나면 인간 전신의 세포가 최후의 하나까지 교체된다고 한다. 칠 년 동안 나는 이 육친들과 관계없는 식사를 하리라. 그리고 당신네들을 위하는 것도 아니고 또 칠 년 동안은 나를 위하는 것도 아닌 새로운 혈통을 얻어 보겠다— 하는 생각을 하여서는 안 되나.

돌려보내라고 하느냐. 칠 년 동안 금붕어처럼 개흙만을 토하고 지내면 된다. 아니— 미여기처럼.

## 실낙원(失樂園)

천사는 아무 데도 없다. '파라다이스'는 빈터다.

나는 때때로 이삼 인의 천사를 만나는 수가 있다. 제각각 다 쉽사리 내게 '키스'하여 준다. 그러나 홀연히 그 당장에서 죽어 버린다. 마치 수벌(雄蜂)처럼—

천사는 천사끼리 싸움을 하였다는 소문도 있다.

나는 B 군에게 내가 향유하고 있는 천사의 시체를 처분하여 버릴 취지를 이야기할 작정이다. 여러 사람을 웃길 수도 있을 것이다. 사실 S 군은 사람은 깔깔 웃을 것이다. 그것은 S 군은 오 척이나 넘는 훌륭한 천사의 시체를 십 년 동안이나 충실하게 보관하여 온 경험이 있는 사람이니까—

천사를 다시 불러서 돌아오게 하는 응원기(應援旗) 같은 기(旗)는 없을까.

천사는 왜 그렇게 지옥을 좋아하는지 모르겠다. 지옥의 매력이 천사에게도 차차 알려진 것도 같다.

천사의 '키스'에는 색색이 독이 들어있다. '키스'를 당한 사람은 꼭 무슨 병이든지 앓다가 그만 죽어버리는 것이 예사다.

## 면경(面鏡)

철필(鐵筆) 달린 펜 축(軸)이 하나. 잉크병. 글자가 적혀 있는 지편(紙片). (모두가 한 사람 치)

부근에는 아무도 없는 것 같다. 그리고 그것은 읽을 수 없는 학문인가 싶다. 남아있는 체취를 유리의 '냉담한 것'이 덕(德)하지 아니하니 그 비장한 최후의 학자는 어떤 사람이었는지 조사할 길이 없다. 이 간단한 장치의 정물(靜物)은 '투탕카멘'처럼 적적하고 기쁨을 보이지 않는다.

피(血)만 있으면 최후의 혈구 하나가 죽지만 않았으면 생명은 어떻게라도 보존되어 있을 것이다.

피가 있을까. 혈흔을 본 사람이 있나. 그러나 그 난해한 문학의 끄트머리에 '사인'이 없다. 그 사람은—만일 그 사람이라는 사람이 그 사람이라는 사람이라면—아마 돌아오리라.

죽지는 않았을까— 최후의 한 사람의 병사의—논공조차 행하지 않을—영예를 일신에 지고. 지리하다. 그는 필시 돌아올 것인가. 그래서는 피로에 가늘어진 손가락을 놀려서는 저 정물을 운전할 것인가.

그러면서도 결코 기뻐하는 기색을 보이지는 아니하리라. 지껄이지도 않을 것이다. 문학이 되어버리는 잉크에 냉담하리라. 그러나 지금은 한없는 정밀(靜謐)이다. 기뻐하는 것을 거절하는 투박한 정물이다.

정물은 부득부득 피곤하리라. 유리는 창백하다. 정물은 골편까지도 노출한다.

시계는 좌향으로 움직이고 있다. 그것은 무엇을 계산하는 '미터'일까. 그러나 그 사람이라는 사람은 피곤하였을 것도 같다. 저 '칼로리'의 삭감― 모든 기구는 연한(年限)이다. 거진거진― 잔인한 정물이다. 그 강의불굴(强毅不屈)하는 시인은 왜 돌아오지 아니할까. 과연 전사하였을까.

정물 가운데 정물이 정물 가운데 정물을 저며 내이고 있다. 잔인하지 아니하냐.
초침(秒針)을 포위하는 유리 덩어리에 담긴 지문은 소생하지 아니하면 안 될 것이다―. 그 비장한 학자의 주의를 환기하기 위하여.

### 자화상[습작(習作)]
여기는 도무지 어느 나라인지 분간을 할 수 없다. 거기는 태고(太古)와 전승하는 판도가 있을 뿐이다. 여기는 폐허다. '피라미드'와 같은 코가 있다. 그 구멍으로는 '유구한 것'이 드나들고 있다. 공기는 퇴색되지 않는다. 그것은 선조가 혹은 내 전신(前身)이 호흡하던 바로 그것이다. 동공에는 창공이 응고하여 있으니 태고의 영상의 약도(略圖)다. 여기는 아무 기억도 유언되어 있지는 않다. 문자가 닳아 없어진 석비(石碑)처럼 문명에 '잡답(雜踏)한 것'이 귀를 그냥 지나갈 뿐이다. 누구는 이것이 '데드마스크(死面)'라고 그랬다. 또 누구든 '데드마스크'는 도적 맞았다고도 그랬다.

죽음은 서리와 같이 내려있다. 풀이 말라 버리듯이 수염은 자라지 않는 채 거칠어 갈 뿐이다. 그리고 천기(天氣) 모양에 따라서 입은 커다란 소리로 외우친다─수류(水流)처럼.


## 월상(月像)

그 수염 난 사람은 시계를 꺼내어 보았다. 나도 시계를 꺼내어 보았다. 늦었다고 그랬다. 늦었다고 그랬다.


일주야(一週夜)나 늦어서 달은 떴다. 그러나 그것은 너무나 심통한 차림차림이었다. 만신창이─ 아마 혈우병인가도 싶었다.

지상에는 금시 산비(酸鼻)할 악취가 미만(彌蔓)하였다. 나는 달이 있는 반대 방향으로 걷기 시작하였다. 나는 걱정하였다─어떻게 달이 저렇게 비참한가 하는─

작일(昨日)의 일을 생각하였다― 그 암흑을― 그리고 내일의 일도― 그 암흑을―

달은 지지(遲遲)하게도 행진하지 않는다. 나의 그 겨우 있는 그림자가 상하(上下)하였다. 달은 제 체중에 견디기 어려운 것 같았다. 그리고 내일의 암흑의 불길을 징후하였다. 나는 이제는 다른 말을 찾아내지 않으면 안 되게 되었다.

나는 엄동(嚴冬)과 같은 천문(天文)과 싸워야 한다. 빙하와 설산 가운데 동결하지 않으면 안 된다. 그리고 나는 달에 대한 일은 모두 잊어버려야 한다― 새로운 달을 발견하기 위하여―

금시로 나는 도도한 대음향(大音響)을 들으리라. 달은 타락할 것이다. 지구는 피투성이가 되리라.

사람들은 전율하리라. 부상(負傷)한 달의 악혈(惡血) 가운데 유영하면서 드디어 결빙하여 버리고 말 것이다.

이상한 귀기(鬼氣)가 내 골수에 침입하여 들어오는가 싶다. 태양은 단념한 지상 최후의 비극을 나만이 예감할 수가 있을 것 같다.

드디어 나는 내 전방에 질주하는 내 그림자를 추격하여 앞설 수 있었다. 내 뒤에 꼬리를 이끌며 내 그림자가 나를 쫓는다.

내 앞에 달이 있다. 새로운― 새로운―

불과 같은— 혹은 화려한 홍수 같은—

1939. 2《조광》

# 김유정(金裕貞)
## — 소설체로 쓴 김유정론(論)

암만해도 성을 안 낼 뿐만 아니라 누구를 대할 때든지 늘 좋은 낯으로 해야 쓰느니 하는 타입의 우수한 견본이 김기림이라.

좋은 낯을 하기는 해도 적(敵)이 비례를 했다거나 끔찍이 못난 소리를 했다거나 하면 잠자코 속으로만 꿀꺽 업신여기고 그만두는 그러기 때문에 근시 안경을 쓴 위험인물이 박태원이다.

업신여겨야 할 경우에 "이놈! 네까진 놈이 뭘 아느냐"라든가 성을 내면 "여! 어디 덤벼 봐라" 쯤 할 줄 아는, 하되, 그저 그럴 줄 알 뿐이지 그만큼 해 두고 주저 않는 파(派)에, 고만 이유로 코 밑에 수염을 저축한 정지용이 있다.

모자를 홱 벗어던지고 두루마기도 마고자도 민첩하게 턱 벗어던지고 두 팔 홀떡 부르걷고 주먹으로는 적의 볼따구니를 발길로는 적의 사타구니를 격파하고도 오히려 행유 여력에 엉덩방아를 찧고야 그치는 희유(稀有)의 투사가 있으니 김유정이다.

누구든지 속지 말라. 이 시인 가운데 쌍벽과 소설가 중(中) 쌍벽은 약속하고 분만된 듯이 교만하다. 이들이 무슨 경우에 어떤 얼굴을 했댔자 기실은 그 교만에서 산출된 표정의 디포메이

션 외의 아무것도 아니니까 참 위험하기 짝이 없는 분들이라는 것이다.

이분들을 설복(說服)할 아무런 학설도 이 천하에는 없다. 이렇게들 또 고집이 세다.

나는 자고로 이렇게 교만하고 고집 센 예술가를 좋아한다. 큰 예술가는 그저 누구보다도 교만해야 한다는 것이 내 지론이다.

다행히 이 네 분은 서로들 친하다. 서로 친한 이분들과 친한 나 불초(不肖) 이상이 보니까 여상의 성격의 순차적 차이가 있는 것은 재미있다. 이것은 혹 불행히 나 혼자의 재미에 그칠는지 우려지만 그래도 좀 재미있어야 되겠다.

작품 이외의 이분들의 일은 적확히 묘파해서 써내 비교 교우학(比較 交友學)을 결정적으로 여실히 하겠다는 비장한 복안(腹案)이어늘,

소설을 쓸 작정이다. 네 분을 각각 주인으로 하는 네 편의 소설이다.

그런데 족보에 없는 비평가 김문집 선생이 내 소설에 59점이라는 좀 참담한 채점을 해놓으셨다. 59점이면 낙제다. 한끝만 더 했드면—그러니까 서울말로 "낙제 첫찌"다. 나는 참 낙담했습니다. 다시는 소설을 안 쓸 작정입니다—는 즉 거짓말이고, 이 경우에 내 어쭙잖은 글이 네 분의 심사를 건드린다거나 읽는 이들의 조소를 산다거나 하지나 않을까 생각을 하니 아닌게 아니라 등어리가 꽤 서늘하다.

그렇거든 59점짜리가 그럼 그렇지 하고 그저 눌러 덮어 주어야겠고 뜻밖에 제법 되었거든 네 분이 선봉을 서서 김문집 선생께 좀 잘 좀 말해 주셔서 부디 급제를 시켜 주시기 바랍니다.

## 김유정 편

이 유정은 겨울이면 모자를 쓰지 않는다. 그러면 탈모인가? 그의 그 더벅머리 위에는 참 우굴쭈굴한 벙거지가 얹혀 있는 것이다. 나는 걸핏하면

"김형! 그 김형이 쓰신 모자는 모자가 아닙니다."

"김형! (이 김형이라는 호칭인즉슨 이상(李霜)을 가리키는 말이다) 거 어떻거시는 말씀입니까."

"거 벙거지, 벙거지지요."

"벙거지! 벙거지! 옳습니다."

태원도 회남도 유정의 모자 자격을 인정하지 않는다. 벙거지라고밖에!

엔간해서 술이 잘 안 취하는데 취하기만 하면 딴사람이 되고 만다. 그것은 무엇을 보고 아느냐 하면—

보통으로 주먹을 쥐이고 쓱 둘째손가락만 쪽 펴면 사람 가리키는 신호가 되는데 이래가지고는 그 벙거지 차양 밑을 우벼 파면서 나사못 박는 흉내를 내는 것이다. 하릴없이 젖먹이 곤지곤지 형용에 틀림없다.

창문사(彰文社)에서 내가 집무랍시고 하는 중에 떠억 나를 찾아온다. 와서는 내 집무 책상 앞에 마주앉는다. 앉아서는 바윗덩어리처럼 말이 없다. 낸들 또 무슨 그리 신통한 이야기가 있으리오. 그저 서로 벙벙히 앉았는 동안에 나는 나대로 교정(校正) 등속 일을 한다. 가지가지 부호를 써서 내가 교정을 보고 있노라면 그는 불쑥

"김형! 거 지금 그 표는 어떻거라는 표구요."

이런다. 그럼 나는 기가 막혀서

"이거요, 글자가 곤두섰으니 바로 놓으란 표지요."

하고 나서는 또 그만이다. 이렇게 평소의 유정은 뚱보다. 이런 양반이 그 곤지곤지만 시작되면 통성 다시 해야 한다.


그날 나도 초저녁에 술을 좀 먹고 곤해서 한참 자는데 별안간 대문을 두드리는 소리가 요란하다. 한 시나 가까웠는데―하고 눈을 비비고 나가 보니까 유정이 B 군과 S 군과 작반해 와서 이야단이 아닌가. 유정은 연해 성(盛)히 곤지곤지 중이다. 나는 일견에 '익키! 이건 곤지곤지구나' 하고 내심 벌써 각오한 바가 있자니까 나가잔다.

"김형! 이 유정이가 오늘 술, 좀, 먹었습니다. 김형! 우리 또 한잔 하십시다."

"아따 그러십시다 그려."

이래서 나도 내 벙거지를 쓰고 나섰다.

나는 단박에 취해 버려서 역시 그 비장의 가요를 기탄없이 내뽑은가 싶다. 이렇게 밤이 늦었는데 가무음곡으로써 가구(街衢)를 소란케 하는 것은 법규상 안 된다. 그래 주파가 이러니저러니 좀 했더니 S 군과 B 군은 불온하기 짝이 없는 언사로 주파를 탄압하면, 유정은 또 주파를 의미깊게 흘깃, 한번 흘겨보더니

"김형! 우리 소리 합시다."

하고 그 척척 붙어올라올 것 같은 끈적끈적한 목소리로 강원도아리랑 팔만구암자(庵子)를 내뽑는다. 이 유정의 강원도아리랑은 바야흐로 천하일품의 경지다.

나는 소독 젓가락으로 추탕 보시깃전을 갈기면서 장단을 맞춰 좋아하는데 가만히 보니까 한쪽에서 S 군과 B 군이 불화다. 취중 문학담이 자연 아마 그리된 모양인데 부전부전하게 유정이 또 거기 가 한몫 끼이는 것이다. 나는 술들이나 먹지 저 왜들 저러누, 하고 서서 보고만 있자니까 유정이 예의 그 벙거지를 떡 벗어던지더니 두루마기 마고자 저고리를 차례로 벗어젖히고는 S 군과 맞달라 붙는 것이 아닌가.

싸움의 테―마는 아마 춘원의 문학적 가치 운운이던 모양인데 어쨌든 피차 어지간히들 취중이라 문학은 저리 집어치우고 이제 문제는 체력이다. 뺨도 치고 제법 태껸들도 한다. B 군은 이리 비철 저리 비철 하면서 유정의 착의(着衣) 일식(一式)을 주워 들고 바―로 뜯어말린답시고 한가운데 가 끼어서 꾸기적

꾸기적하는데 가는 발길 오는 발길에 이래저래 피해가 많은 꼴이다.

놀란 것은 주파와 나다.

주파는 술은 더 못 팔아도 좋으니 이분들을 좀 밖으로 모셔내라는 애원이다. 나는 B 군과 협력해서 가까스로 용사들을 밖으로 끌고 나오기는 나왔으나 이번에는 자동차가 줄닿서 왕래하는 대로 한복판에서들 활약이다. 구경꾼이 금시로 모여든다. 용사들의 사기는 백열화한다.

나는 섣불리 좀 뜯어말리는 체하다가 얼떨결에 벙거지 벗어진 것이 당장 용사들의 군용화에 유린을 당하고 말았다. 그만 나는 어이가 없어서 전선주에 가 기대서서 이 만화를 서서히 감상하자니까—

B 군은 이건 또 언제 어디서 획득했는지 모를 오합들이 술병을 거꾸로 쥐고 육모방망이 내휘두르듯 하면서 중재 중(中)인데 여전히 피해가 많다. B 군은 이윽고 그 술병을 한번 허공에 한층 높이 내휘두르더니 그 우렁찬 목소리로 산명곡응(山鳴谷應)하라고 최후의 대갈일성(大喝一聲)을 시험해도 전황(戰況)은 여전하다.

B 군은 그만 화가 벌컥 난 모양이다. 그 술병을 지면 위에다 내던지고 가로대

"네놈들을 내 한꺼번에 죽이겠다."

고 결의의 빛을 표시하더니 좌충우돌로 동에 번쩍 서에 번쩍

S 군, 유정의 분간이 없이 막 구타하기 시작이다.

이 광경을 본 나도 놀랐거니와 더욱 놀란 것은 전사 두 사람이다. 여태껏 싸움 말리는 역할을 하노라고 하던 B 군이 별안간이처럼 태도를 표변(豹變)하니 교전하던 양인(兩人)이 놀라지 않을 수가 없다.


B 군은 우선 유정의 턱 밑을 주먹으로 공격했다. 경악한 유정은 방어의 자세를 취하면서 한쪽으로 비키니까 B 군은 이번에는 S 군을 걷어찼다. S 군은 눈이 뚱그래서 이 역(亦) 한 켠으로 비키면서 이건 또 무슨 생각으로

"너! 유정이! 덤벼라."

"오나! S! 너! 나한테 좀 맞아 봐라."

하면서 원래의 적이 다시금 달라붙으니까 B 군은 그냥 두 사람을 얼러서 걷어차면서 주먹비를 내리우는 것이다. 두 사람은 일제히 공세를 B 군에게로 모아가지고 쉽사리 B 군을 격퇴한 다음 이어 본전을 계속 중(中)에 B 군은 이번에는 S 군의 불두덩을 걷어찼다. 노발대발한 S 군은 B 군을 향하여 맹렬한 일축을 수행하니까 이 틈을 타서 유정은 S 군에게 이 또한 그만 못지않은 일축을 결행한다. 이러면 B 군은 또 선수를 돌려 유정을 겨누어 거룩한 일축을 발사한다. 유정은 S 군을, S 군은 B 군을, B 군은 유정을, 유정은 S 군을 S 군은—

이것은 그냥 상상만으로도 족히 포복절도할 절경임에 틀림

없다. 나는 그만 내 벙거지가 여지없이 파멸한 것은 활연히 잊어버리고 웃음보가 곧 터질 지경인 것을 억지로 참고 있자니까 사람은 점점 꼬여드는데 이 진무류(珍無類)의 혼전은 언제나 끝날는지 자못 묘연하다.

이때 옆골목으로부터 순행하던 경관이 칼 소리를 내이면서 나왔다. 나와서 가만히 보니까 이건 싸움은 싸움인 모양인데 대체 누가 누구하고 싸우는 것인지 종을 잡을 수가 없는 것이다.

경관도 기가 막혀서

"이게 날이 너무 춥더니 실진들을 한 게로군."

하는 모양으로 뒷짐을 지고 서서 한참이나 원망한 끝에 대갈일성

"가에렛!"

나는 이 추운 날 유치장에를 들어갔다가는 큰일이겠으므로

"곧 집으로 데리고 가겠습니다. 용서하십쇼. 술들이 몹시 취해 그렇습니다."

하고 고두백배(叩頭百拜)한 것이다.

경관의 두 번째 '가에렛' 소리에 겨우 이 삼국지는 아마 종식하였던가 한다.


이 이야기를 듣고 태원이 "거 횡광이일(橫光利一)이 〈기계〉

* 일본어로 '돌아가다'라는 뜻으로 풀이된다.

같소 그려" 하였다. (물론 이 세 동무는 그 이튿날은 언제 그런
일이 있었더냐는 듯이 계속하여 정다웠다)


유정은 폐(肺)가 거의 결단이 나다시피 못쓰게 되었다. 그가
웃통 벗은 것을 보았는데 기구한 수신(瘦身)이 나와 비슷하
다. 늘
"김형이 그저 두 달만 약주를 끊었으면 건강해질 텐데."
해도 막무가내하더니 지난 칠월 달부터 마음을 돌려 정릉리
어느 절간에 숨어 정양중(中)이라니, 추풍이 점기(漸起)에 건강
한 유정을 맞을 생각을 하면 나도 독자도 함께 기쁘다.

# 19세기식(十九世紀式)

## 정조(貞操)

이런 경우— 즉 '남편만 없었던들' '남편이 용서만 한다면' 하면서 지켜진 아내의 정조란 이미 간음이다. 정조는 금제(禁制)가 아니요 양심(良心)이다. 이 경우의 양심이란 도덕성에서 우러나오는 것을 가리키지 않고 '절대(絶對)의 애정' 그것이다.

만일 내게 아내가 있고 그 아내가 실로 요만 정도의 간음을 범한 때, 내가 무슨 어려운 방법으로 곧 그것을 알 때, 나는 '간음한 아내'라는 뚜렷한 죄명 아래 아내를 내쫓으리라.

내가 이 세기(世紀)에 용납되지 않는 최후의 한 꺼풀 막(幕)이 있다면 그것은 오직 '간음한 아내는 내어쫓으라'는 철칙에서 영원히 헤어나지 못하는 내 곰팡내 나는 도덕성이다.

## 비밀

비밀이 없다는 것은 재산 없는 것처럼 가난할 뿐만 아니라 더 불쌍하다. 정치(情痴) 세계의 비밀— 내가 남에게 간음한 비밀, 남을 내게 간음시킨 비밀, 즉 불의(不義)의 양면— 이것을 나는 만금(萬金)과 오히려 바꾸리라. 주머니에 푼전이 없을 망정 나

157

는 천하를 놀려 먹을 수 있는 실력을 가진 큰 부자일 수 있다.

### 이유

나는 내 아내를 버렸다. 아내는 "저를 용서하실 수는 없었습니까" 한다. 그러나 나는 한 번도 '용서'라는 것을 생각해 본 일이 없다. 왜? '간음한 계집은 버리라'는 철칙에 의혹을 가지는 내가 아니다. 간음한 계집이면 나는 언제든지 곧 버린다. 다만 내가 한참 망설여 가며 생각한 것은 아내의 한 짓이 간음인가 아닌가 그것을 판정하는 것이었다. 불행히도 결론은 늘 '간음이다'였다. 나는 곧 아내를 버렸다. 그러나 내가 아내를 몹시 사랑하는 동안 나는 우습게도 아내를 변호하기까지 하였다. '될 수 있으면 그것이 간음은 아니라는 결론이 나도록' 나는 나 자신의 준엄 앞에 애걸하기까지 하였다.

### 악덕(惡德)

용서한다는 것은 최대의 악덕이다. 간음한 계집을 용서하여 보아라. 한 번 간음에 맛을 들인 계집은 두 번째도 세 번째도 간음하리라. 왜? 불의(不義)라는 것은 재물보다도 매력적인 것이기 때문에—

계집은 두 번째 간음이 발각되었을 때 실로 첫 번째 때 보지 못하던 귀곡적(鬼哭的) 기법으로 용서를 빌리라. 번번이 이 귀곡적 기법은 그 묘(妙)를 극하여 가리라. 그것은 여자라는 동물

천혜(天惠)의 재질이다.

어리석은 남편은 그때마다 새로운 감상(感傷)으로 간음한 아내를 용서하겠지— 이리하여 실로 남편의 일생이란 '이놈의 계집이 또 간음하지나 않을까' 하고 전전긍긍하다가 그만두는 가없이 허무한 탕진이리라.


내게서 버림받은 계집이 매춘부가 되었을 때 나는 차라리 그 계집에게 은화(銀貨)를 지불하고 다시 매춘할 망정 간음한 계집을 용서하지도 버리지도 않는 잔인한 악덕은 범하지 말아야 한다고 나는 나 자신에게 타이른다.

# 권태(倦怠)

1

어서— 차라리 어둬 버리기나 했으면 좋겠는데— 벽촌의 여름날은 지리해서 죽겠을 만치 길다.

동에 팔봉산. 곡선은 왜 저리도 굴곡이 없이 단조로운고?

서를 보아도 벌판, 남을 보아도 벌판, 북을 보아도 벌판, 아— 이 벌판은 어쩌자고 이렇게 한이 없이 늘어 놓였을꼬?

어쩌자고 저렇게까지 똑같이 초록색 하나로 되어 먹었노?

농가가 가운데 길 하나를 두고 좌우로 한 십여 호씩 있다.

휘청거린 소나무 기둥 흙을 주물러 바른 벽 강낭대로 둘러싼 울타리, 울타리를 덮은 호박 넝쿨 모두가 그게 그것같이 똑같나.

어제 보던 맵싸리 나무 오늘도 보는 김 서방 내일도 보아야 할 흰둥이 검둥이.

해는 100도 가까운 볕을 지붕에도 벌판에도 뽕나무에도 암탉 꼬랑지에도 내리쪼인다. 아침이나 저녁이나 뜨거워서 견딜 수가 없는 염서(炎署) 계속이다.

나는 아침을 먹었다. 할 일이 없다. 그러나 무작정 널따란 백지 같은 '오늘'이라는 것이 내 앞에 펼쳐져 있으면서 무슨 기사라도 좋으니 강요한다. 나는 무엇이고 하지 않으면 안 된다. 무엇을 해야 할 것인가 연구해야 된다. 그럼— 나는 최 서방네 집 사랑 툇마루로 장기나 두러 갈까 그것 좋다.

최 서방은 들에 나갔다. 최 서방네 사랑에는 아무도 없나보다. 최 서방네 조카가 낮잠을 잔다. 아하! 내가 아침을 먹은 것은 열 시나 지난 후니까 최 서방의 조카로서는 낮잠 잘 시간에 틀림없다.

나는 최 서방의 조카를 깨워 가지고 장기를 한판 벌리기로 한다. 최 서방의 조카와 열 번 두면 열 번 내가 이긴다. 최 서방의 조카로서는 그러니까 나와 장기 둔다는 것 그것부터가 권태다. 밤낮 두어야 마찬가질 바에는 안 두는 것이 차라리 낫지— 그러나 안 두면 또 무엇을 하나? 둘밖에 없다.

지는 것도 권태어늘 이기는 것이 어찌 권태 아닐 수 있으랴? 열 번 두어서 열 번 내리 이기는 장난이란 열 번 지는 이상으로 싱거운 장난이다. 나는 참 싱거워서 견딜 수 없다.

한 번쯤 져 주리라. 나는 한참 생각하는 체하다가 슬그머니 위험한 자리에 장기 조각을 갖다 놓는다. 최 서방의 조카는 하품을 쓱 한번 하더니 이윽고 둔다는 것이 딴전이다. 의례히 질 것이니까 골치 아프게 수를 보고 어쩌고 하기도 싫다는 사상이리라. 아무렇게나 생각나는 대로 장기를 갖다 놓고는 그저 얼른 얼른 끝을 내어 져 줄 만큼 져 주면 이 상승장군(常勝將軍)은 이 압도적 권태를 이기지 못해 제출물에 가 버리겠지 하는 사상

161

이리라. 가고나면 또 낮잠이나 잘 작정이리라.

나는 부득이 또 이긴다. 인제 그만두잔다. 물론 그만 두는 수밖에 없다.

일부러 져준다는 것조차가 어려운 일이다. 나는 왜 저 최 서방의 조카처럼 아주 영영 방심 상태가 되어 버릴 수가 없나? 이 질식할 것 같은 권태 속에서도 사세(些細)한 승부에 구속을 받나? 아주 바보가 되는 수는 없나?

내게 남아 있는 이 치사스러운 인간 이욕(利慾)이 다시없이 밉다. 나는 이 마지막 것을 면해야 한다. 권태를 인식하는 신경마저 버리고 완전히 허탈해 버려야 한다.


2

나는 개울가로 간다. 가물로 하여 너무 빈약한 물이 소리 없이 흐른다. 뼈처럼 앙상한 물줄기가 왜 소리를 치지 않나?

너무 덥다. 나뭇잎들이 다 축 늘어져서 허덕허덕하도록 덥다. 이렇게 더우니 시냇물인들 서늘한 소리를 내어보는 재간도 없으리라.

나는 그 물가에 앉는다. 앉아서 자— 무슨 제목으로 나는 사색해야 할 것인가 생각해 본다. 그러나 물론 아무런 제목도 떠오르지는 않는다.

그렇다면 아무것도 생각 말기로 하자. 그저 한량없이 넓은 초록색 벌판, 지평선, 아무리 변화하여 보았댔자 결국 치열한 곡예의 역(域)을 벗어나지 않는 구름, 이런 것을 건너다본다.

지구 표면적의 100분의 99가 이 공포의 초록색이리라. 그렇다면 지구야말로 너무나 단조 무미한 채색이다. 도회에는 초록이 드물다. 나는 처음 여기 표착(漂着)하였을 때 이 신선한 초록빛에 놀랐고 사랑하였다. 그러나 닷새가 못 되어서 이 일망무제(一望無際)의 초록색은 조물주의 몰취미와 신경의 조잡성으로 말미암은 무미건조한 지구의 여백인 것을 발견하고 다시금 놀라지 않을 수 없었다.

어쩔 작정으로 저렇게 퍼러냐. 하루 온종일 저 푸른빛은 아무 짓도 하지 않는다. 오직 그 푸른 것에 백치와 같이 만족하면서 푸른 채로 있다.

이윽고 밤이 오면 또 거대한 구렝이처럼 빛을 잃어버리고 소리도 없이 잔다. 이 무슨 거대한 겸손이냐.

이윽고 겨울이 오면 초록은 실색(失色)한다. 그러나 그것은 남루를 갈기갈기 찢은 것과 다름없는 추악한 색채로 변하는 것이다. 한겨울을 두고 이 황막(荒漠)하고 추악한 벌판을 바라보고 지내면서 그래도 자살(自殺) 민절(悶絶)하지* 않는 농민들은 불쌍하기도 하려니와 거대한 천치다.

그들의 일생이 또한 이 벌판처럼 단조한 권태 일색으로 도포된 것이리라. 일할 때는 초록 벌판처럼 더워서 숨이 칵 칵 막히

---

* 너무 기가 막혀 정신을 잃고 까무러치다.

게 싱거울 것이요 일하지 않을 때에는 겨우 황원(荒原)처럼 거칠고 구지레하게* 싱거울 것이다.

그들에게는 흥분이 없다. 벌판에 벼락이 떨어져도 그것은 뇌성(雷聲) 끝에 가끔 있는 다반사에 지나지 않는다. 촌동(村童)이 범에게 물려가도 그것은 맹수가 사는 산촌에 가끔 있는 신벌(神罰)에 지나지 않는다. 실로 전신주 하나 없는 벌판에서 그들이 무엇을 대상으로 흥분할 수 있으랴.

팔봉산 등을 넘어 철골 전선주가 늘어섰다. 그러나 그 동선(銅線)은 이 촌락에 엽서 한 장을 내려뜨리지 않고 섰는 채다. 동선으로는 전류도 통하리라. 그러나 그들의 방이 아직도 송명(松明)으로 어둠침침한 이상 그 전선주들은 이 마을 동구에 늘어선 포플러 나무와 조금도 다름이 없다.

그들에게 희망이 있던가? 가을에 곡식이 익으리라. 그러나 그것은 희망은 아니다. 본능이다.

내일. 내일도 오늘 하던 계속의 일을 해야지 이 끝없는 권태의 내일은 왜 이렇게 끝없이 있나? 그러나 그들은 그런 것을 생각할 줄 모른다.

간혹 그런 의혹이 전광과 같이 그들의 흉리(胸裏)를 스치는 일이 있어도 다음 순간 하루의 노역으로 말미암아 잠이 오고 만다. 그러니 농민은 참 불행하도다. 그럼— 이 흉악한 권태를 자

---

* 상태나 언행 따위가 더럽고 지저분하다.

각할 줄 아는 나는 얼마나 행복된가.


3

댑싸리 나무도 축 늘어졌다. 물은 흐르면서 가끔 웅덩이를 만나면 썩는다.

내가 앉아 있는 데는 그런 웅덩이가 있다. 내 앞에서 물은 조용히 썩는다.

낮닭 우는 소리가 무던히 한가롭다. 어제도 울던 낮닭이 오늘도 또 울었다는 외에 아무 흥미도 없다. 들어도 그만 안 들어도 그만이다. 다만 우연히 귀에 들어왔으니까 그저 들었달 뿐이다.

닭은 그래도 새벽 낮으로 울기나 한다. 그러나 이 동리의 개들은 짖지를 않는다. 그러면 모두 벙어리 개들인가, 아니다. 그 증거로는 이 동리 사람 아닌 내가 돌팔매질을 하면서 위협하면 십 리나 달아나면서 나를 돌아다보고 짖는다.

그렇건만 내가 아무 그런 위험한 짓을 하지 않고 지나가면 천리나 먼 데서 온 외인(外人) 더구나 안면이 이처럼 창백하고 봉발(蓬髮)이 작소(鵲巢)를* 이룬 기이한 풍모를 쳐다보면서도 짖지 않는다. 참 이상하다. 어째서 여기 개들은 나를 보고 짖지를 않을까? 세상에도 희귀한 겸손한 겁쟁이 개들도 다 많다.

이 겁쟁이 개들은 이런 나를 보고도 짖지를 않으니 그럼 대체

---

\* '까치집'을 뜻한다.

무엇을 보아야 짖으랴?

그들은 짖을 일이 없다. 여인(旅人)은 이곳에 오지 않는다. 오지 않을 뿐만 아니라 국도 연변에 있지 않은 이 촌락을 그들은 지나갈 일도 없다. 가끔 이웃 마을의 김 서방이 온다. 그러나 그는 여기 최 서방과 똑같은 복장과 피부색과 사투리를 가졌으니 개들이 짖어 무엇하랴. 이 빈촌에는 도적이 없다. 인정 있는 도적이면 여기 너무나 빈한(貧寒)한 새악시들을 위하여 훔친 바비녀나 반지를 가만히 놓고 가지 않으면 안 되리라. 도적에게는 이 마을은 도적의 도심을 도적맞기 쉬운 위험한 지대리라.

그러니 실로 개들이 무엇을 보고 짖으랴. 개들은 너무나 오랫동안―아마 그 출생 당시부터―짖는 버릇을 포기한 채 지내 왔다. 몇 대(代)를 두고 짖지 않은 이곳 견족(犬族)들은 드디어 짖는다는 본능을 상실하고 만 것이리라. 인제는 돌이나 나무토막으로 얻어맞아서 견딜 수 없을 만큼 아파야 겨우 짖는다. 그러나 그와 같은 본능은 인간에게도 있으니 특히 개의 특징으로 쳐 둘 것은 못 되리라.

개들은 대개 제가 길리우고 있는 집 문간에 가 앉아서 밤이면 밤잠 낮이면 낮잠을 잔다. 왜? 그들은 수위(守衛)할 아무 대상도 없으니까.

최 서방네 집 개가 이리로 온다. 그것을 김 서방네 집 개가 발견하고 일어나서 영접한다. 그러나 영접해 본댔자 할 일이 없다. 양구(良久)에 그들은 헤어진다.

설레설레 길을 걸어 본다. 밤낮 다니던 길, 그 길에는 아무것도 떨어진 것이 없다. 촌민들은 한여름 보리와 조를 먹는다. 반찬은 날된장 풋고추다. 그러니 그들의 부엌에조차 남는 것이 없겠거늘 하물며 길가에 무엇이 족히 떨어져 있을 수 있으랴.

길을 걸어본댔자 소득이 없다. 낮잠이나 자자. 그리하여 개들은 천부(天賦)의 수위술(守衛術)을 망각하고 낮잠에 탐닉하여 버리지 않을 수 없을 만큼 타락하고 말았다.

슬픈 일이다. 짖을 줄 모르는 벙어리 개, 지킬 줄 모르는 게으름뱅이 개, 이 바보 개들은 복날 개장국을 끓여 먹기 위하여 촌민의 희생이 된다. 그러나 불쌍한 개들은 음력도 모르니 복날은 몇 날이나 남았나 전연 알 길이 없다.


4

이 마을에는 신문도 오지 않는다. 소위 승합자동차라는 것도 통과하지 않으니 도회의 소식을 무슨 방법으로 알랴?

오관(五官)이 모조리 박탈된 것이나 다름없다. 답답한 하늘, 답답한 지평선, 답답한 풍경, 답답한 풍속 가운데서 나는 이리 디굴 저리 디굴 구르고 싶을 만치 답답해하고 지내야만 된다.

아무것도 생각할 수 없는 상태 이상으로 괴로운 상태가 또 있을까? 인간은 병석에서도 생각한다. 아니 병석에서는 더욱 많이 생각하는 법이다. 끝없는 권태가 사람을 엄습하였을 때 그의

동공은 내부를 향하여 열리리라. 그리하여 망쇄(忙殺)할* 때보다도 몇 배나 더 자신의 내면을 성찰할 수 있을 것이다.

현대인의 특질이요 질환인 자의식 과잉은 이런 권태치 않을 수 없는 권태 계급의 철저한 권태로 말미암음이다. 육체적 한산, 정신적 권태 이것을 면할 수 없는 계급이 자의식 과잉의 절정을 표시한다.

그러나 지금 이 개울가에 앉은 나에게는 자의식 과잉조차가 폐쇄되었다. 이렇게 한산한데 이렇게 극도의 권태가 있는데 동공은 내부를 향하여 열리기를 주저한다.

아무것도 생각하기 싫다. 어제까지도 죽는 것을 생각하는 것 하나만은 즐거웠다. 그러나 오늘은 그것조차가 귀찮다. 그러면 아무것도 생각하지 말고 눈 뜬 채 졸기로 하자.

더워 죽겠는데 목욕이나 할까? 그러나 웅덩이 물은 썩었다. 썩지 않은 물을 찾아가는 것은 귀찮은 일이고—

썩지 않은 물이 여기 있다기로서니 나는 목욕하지 않았으리라. 옷을 벗기가 귀찮다. 아—니— 그보다도 그 창백하고 앙상한 수구(瘦軀)*를 백일(白日) 아래 널어 말리는 파렴치를 나는 견디기 어렵다.

땀이 옷에 배면? 배인 채 두자.

그렇다 하더라도 이 더위는 무슨 더위냐. 나는 내가 있는 집

---

* 망쇄하다. 정신을 차릴 수 없을 정도로 매우 바쁘다.

으로 돌아와서 세수를 하기로 한다. 나는 일어나서 오던 길을
돌치는 도중에서 교미하는 개 한 쌍을 만났다. 그러나 인공의
기교가 없는 축류(畜類)의 교미는 풍경이 권태 그것인 것같이
권태 그것이다. 동리 동해(童孩)들에게도 젊은 촌부들에게도
흥미의 대상이 못되는 이 개들의 교미는 또한 내게 있어서도 흥
미의 대상이 되지 않는다.

함석 대야는 그 본연의 빛을 일찍이 잃어버리고 그들의 피부
색과 같이 붉고 검다. 아마 이 집 주인 아주머니가 시집올 때 가
지고 온 것이리라.

세수를 해본다. 물조차가 미지근하다. 물조차가 이 무지한 더
위에는 견딜 수 없었나 보다. 그러나 세수의 관례대로 세수를
마친다.

그리고 호박 넝쿨이 축 늘어진 울타리 밑 호박 넝쿨의 뿌리
돋친 데를 찾아서 그 물을 준다. 너라도 좀 생기를 내라고.

땀내 나는 수건으로 얼굴을 훔치고 툇마루에 걸터앉았자니
까 내가 세수할 때 내 곁에 늘어섰던 주인집 아이들 넷이 제각
기 나를 본받아 그 대야를 사용하여 세수를 한다.

저 애들도 나처럼 일거수일투족을 어찌하였으면 좋을까 당
황해 하고 있는 권태들이었다. 다만 내가 세수하는 것을 보고
그럼 우리도 저 사람처럼 세수나 해 볼까 하고 따라서 세수를

---

* '빼빼 마른 몸'을 뜻한다.

해보았다는 데 지나지 않는다.


5

원숭이가 사람의 흉내를 내는 것이 내 눈에는 참 밉다. 어쩌자고 여기 아이들이 내 흉내를 내는 것일까? 귀여운 촌동(村童)들을 원숭이로 만들어서는 안 된다.

나는 다시 개울가로 가 본다. 썩은 물 늘어진 댑싸리 외에 아무것도 없다. 그러나 나는 거기 앉아서 이번에는 그 썩는 중의 웅덩이 속을 들여다본다.

순간 나는 진기한 현상을 목도한다. 무수한 오점이 방향을 정돈해 가면서 움직이고 있는 것이다. 이것은 생물임에 틀림없다. 송사리 떼임에 틀림없다.

이 부패한 소택(沼澤) 속에 이런 앙증스러운 어족이 서식하리라고는 나는 참 꿈에도 생각하지 못했다.

요리 몰리고 조리 몰리고 역시 먹을 것을 찾음이리라. 무엇을 먹고 사누. 벌러지를 먹겠지. 그러나 송사리보다도 더 적은 벌러지라는 것이 있을까?

잠시를 가만있지 않는다. 저물도록 움직인다. 대략 같은 동기(動機)와 같은 모양으로들 그러는 것 같다. 동기! 역시 송사리의 세계에도 시급한 목적이 있는 모양이다.

차츰차츰 하류를 향하여 군중적으로 이동한다. 저렇게 하류로 하류로만 가다가 또 어쩔 작정인가. 아니 그들은 중로에서 또 상류를 향하여 거슬러 올라올는지도 모른다. 그러나 당장 하류로 향하여 가고 있는 것이 확실하다. 하류로 하류로!

오 분 후에는 그들의 모양이 보이지 않을 만치 그들은 멀리 하류로 내려갔다. 그리고 웅덩이는 아까와 같이 도로 썩은 물의 웅덩이로 조용해지고 말았다.

나는 그 자리에서 일어나서 풀밭으로 가 보기로 한다. 풀밭에는 암소 한 마리가 있다.

고 웅덩이 속에 고런 맹랑한 현상이 잠복해 있을 수 있다니— 하고 나는 적잖이 흥분했다. 그러나 그 현상도 소낙비처럼 지나가고 말았으니 잊어버리고 그만두는 수밖에.

소의 뿔은 벌써 소의 무기는 아니다. 소의 뿔은 오직 안경의 재료일 따름이다. 소는 사람에게 얻어맞기로 위주니까. 소에게는 무기가 필요 없다. 소의 뿔은 오직 동물학자를 위한 표지(標識)이다. 야우(野牛) 시대에는 이것으로 적을 돌격한 일도 있습니다—하는 마치 폐병(廢兵)의 가슴에 달린 훈장처럼 그 추억성이 애상적이다.

암소의 뿔은 수소의 그것보다도 더 한층 겸허하다. 이 애상적인 뿔이 나를 받을 리 없으니 나는 마음 놓고 그 곁 풀밭에 가 누워도 좋다. 나는 누워서 우선 소를 본다.

소는 잠시 반추를 그치고 나를 응시한다.

"이 사람의 얼굴이 왜 이리 창백하냐. 아마 병인인가 보다. 내 생면에 위해를 가하려는 거나 아닌지 나는 조심해야 되지."

이렇게 소는 속으로 나를 심리(審理)하였으리라. 그러나 오분 후에는 소는 다시 반추를 계속하였다. 소보다도 내가 마음을 놓는다.

소는 식욕의 즐거움조차를 냉대할 수 있는 지상 최대의 권태자다. 얼마나 권태에 지질렸길래 이미 위에 들어간 식물을 다시 게워 그 시금털털한 반소화물의 미각을 역설적으로 향략하는 체해 보임이리오?

소의 체구가 크면 클수록 그의 권태도 크고 슬프다. 나는 소 앞에 누워 내 세균같이 사소한 고독을 겸손하면서 나도 사색의 반추는 가능할는지 불가능할는지 몰래 좀 생각해 본다.


6

길 복판에서 육칠 인의 아이들이 놀고 있다. 적발동부(赤髮銅膚)의 반라군(半裸群)이다. 그들의 혼탁한 안색, 흘린 콧물, 두른 베두렁이, 벗은 웃통만을 가지고는 그들의 성별조차 거의 분간할 수 없다.

그러나 그들은 여아가 아니면 남아요 남아가 아니면 여아인 결국에는 귀여운 오륙 세 내지 칠팔 세의 '아이들'임에는 틀림 없다. 이 아이들이 여기 길 한복판을 선택하여 유희하고 있다.

돌멩이를 주워 온다. 여기는 사금파리도 벽돌 조각도 없다. 이 빠진 그릇을 여기 사람들은 버리지 않는다.

그리고는 풀을 뜯어 온다. 풀— 이처럼 평범한 것이 또 있을까. 그들에게 있어서는 초록빛의 물건이란 어떤 것이고 간에 다시없이 심심한 것이다. 그러나 하는 수 없다. 곡식을 뜯는 것도 금제(禁制)니까 풀밖에 없다.

돌멩이로 풀을 짓찧는다. 푸르스레한 물이 돌에 가 염색된다. 그러면 그 돌과 그 풀은 팽개치고 또 다른 풀과 돌멩이를 가져다가 똑같은 짓을 반복한다. 한 십 분 동안이나 아무 말이 없이 잠자코 이렇게 놀아 본다.

십 분 만이면 권태가 온다. 풀도 싱겁고, 돌도 싱겁다. 그러면 그 외에 무엇이 있나? 없다.

그들은 일제히 일어선다. 질서도 없고 충동의 재료도 없다. 다만 그저 앉았기 싫으니까 이번에는 일어서 보았을 뿐이다.

일어서서 두 팔을 높이 하늘을 향하여 쳐든다. 그리고 비명에 가까운 소리를 질러 본다. 그러더니 그냥 그 자리에서들 껑충껑충 뛴다. 그러면서 그 비명을 겸한다.

나는 이 광경을 보고 그만 눈물이 났다. 여북하면 저렇게 놀까. 이들은 놀 줄조차 모른다. 어버이들은 너무 가난해서 이들 귀여운 애기들에게 장난감을 사다 줄 수가 없었던 것이다.

이 하늘을 향하여 두 팔을 뻗치고 그리고 소리를 지르면서 뛰는 그들의 유희가 내 눈에는 암만해도 유희같이 생각되지 않는다. 하늘은 왜 저렇게 어제도 오늘도 내일도 푸르냐는 조물주에게 대한 저주의 비명이 아니고 무엇이랴.

아이들은 짖을 줄조차 모르는 개들과 놀 수는 없다. 그렇다고

모이 찾느라고 눈이 벌건 닭들과 놀 수도 없다. 아버지도 어머니도 너무나 바쁘다. 역시 아이들은 아이들끼리 노는 수밖에 없다. 그런데 대체 무엇을 가지고 어떻게 놀아야 하나, 그들에게는 장난감 하나가 없는 그들에게는 영영 엄두가 나서지를 않는 것이다. 그들은 이렇듯 불행하다.

그 짓도 오 분이다. 그 이상 더 길게 이 짓을 하자면 그들은 피로할 것이다. 순진한 그들이 무슨 까닭에 피로해야 되나? 그들은 우선 싱거워서 그 짓을 그만둔다.

그들은 도로 나란히 앉는다. 앉아서 소리가 없다. 무엇을 하나. 무슨 종류의 유희인지 유희는 유희인 모양인데— 이 권태의 왜소 인간들은 또 무슨 기상천외의 유희를 발명했나.

오 분 후에 그들은 비키면서 하나씩 둘씩 일어선다. 제각각 대변을 한 무더기씩 누어 놓았다. 아— 이것도 역시 그들 유희였다. 속수무책의 그들 최후의 창작 유희였다. 그러나 그중 한 아이가 영 일어나지를 않는다. 그는 대변이 나오지 않는다. 그럼 그는 이번 유희의 못난 낙오자임에 틀림없다. 분명히 다른 아이들 눈에 조소의 빛이 보인다. 아— 조물주여 이들을 위하여 풍경과 완구(玩具)를 주소서.


7

날이 어두웠다. 해저(海底)와 같은 밤이 오는 것이다. 나는 자못 이상하다.

가만히 생각해 보면 나는 배가 고픈 모양이다. 이것이 정말
이라면 그럼 나는 어째서 배가 고픈가 무엇을 했다고 배가 고
픈가.

자기 부패작용이나 하고 있는 웅덩이 속을 실로 송사리 떼가
쏘다니고 있더라. 그럼 내 장부(臟腑) 속으로도 나로서 자각할
수 없는 송사리 떼가 준동(蠢動)하고 있나 보다. 아무렇든 밥을
아니 먹을 수 없다.

밥상에는 마늘장아찌와 날된장과 풋고추조림이 관성의 법칙
처럼 놓여 있다. 그러나 먹을 때마다 이 음식이 내 입에 내 혀에
다르다. 그러나 나는 그 까닭을 설명할 수 없다.

마당에서 밥을 먹으면 머리 위에서 그 무수한 별들이 야단이
다. 저것은 또 어쩌라는 것인가. 내게는 별이 천문학의 대상될
수 없다. 그렇다고 시상(詩想)의 대상도 아니다. 그것은 다만
향기도 촉감도 없는 절대 권태의 도달할 수 없는 영원한 피안
(彼岸)이다. 별조차가 이렇게 싱겁다.

저녁을 마치고 밖으로 나와 보면 집집에서는 모깃불의 연기
가 한창이다.

그들은 마당에서 멍석을 펴고 잔다. 별을 쳐다보면서 잔다.
그러나 그들은 별을 보지 않는다. 그 증거로는 그들은 멍석에
눕자마자 눈을 감는다. 그러고는 눈을 감자마자 쿨쿨 잠이 든
다. 별은 그들과 관계없다.

나는 소화를 촉진시키느라고 길을 왔다 갔다 한다. 돌칠 적마

다 멍석 위에 누운 사람의 수가 늘어간다.

이것이 시체와 무엇이 다를까? 먹고 잘 줄 아는 시체— 나는 이런 실례(失禮)로운 생각을 정지해야만 되겠다. 그리고 나도 가서 자야겠다.

방에 돌아와 나는 나를 살펴본다. 모든 것에서 절연된 지금의 내 생활— 자살의 단서조차를 찾을 길이 없는 지금의 내 생활은 과연 권태의 극(極), 권태 그것이다.

그렇건만 내일이라는 것이 있다. 다시는 날이 새이지 않는 것 같기도 한 밤 저쪽에 또 내일이라는 놈이 한 개 버티고 서 있다. 마치 흉맹한 형리(刑吏)처럼— 나는 그 형리를 피할 수 없다. 오늘이 되어 버린 내일 속에서 또 나는 질식할 만치 심심해 해야 되고 기막힐 만치 답답해해야 된다.

그럼 오늘 하루를 나는 어떻게 지냈던가. 이런 것은 생각할 필요가 없으리라. 그냥 자자! 자다가 불행히— 아니 다행히 또 깨거든 최 서방의 조카와 장기나 또 한 판 두지 웅덩이에 가서 송사리를 볼 수도 있고— 몇 가지 안 남은 기억을 소처럼— 반추하면서 끝없는 나태를 즐기는 방법도 있지 않으냐.

불나비가 달려들어 불을 끈다. 불나비는 죽었든지 화상을 입었으리라. 그러나 불나비라는 놈은 사는 방법을 아는 놈이다. 불을 보면 뛰어들 줄을 알고— 평상에 불을 초조히 찾아다닐 줄도 아는 정열의 생물이니 말이다.

그러나 여기 어디 불을 찾으려는 정열이 있으며 뛰어들 불이 있느냐. 없다. 나에게는 아무것도 없고 아무것도 없는 내 눈에는 아무것도 보이지 않는다.

암흑은 암흑인 이상 이 좁은 방 것이나 우주에 꽉 찬 것이나 분량상 차이가 없으리라. 나는 이 대소 없는 암흑 가운데 누워서 숨 쉴 것도 어루만질 것도 없다. 또 욕심나는 것도 아무것도 없다. 다만 어디까지 가야 끝이 날지 모르는 내일 그것이 또 창밖에 등대(等待)하고 있는 것을 느끼면서 오들오들 떨고 있을 뿐이다.

12월 19일 미명(未明) 동경에서

# 한국 현대시 최초의 실험적 모더니스트

작가 이상(李霜)의 본명은 김해경(金海卿)으로 1910년 서울에서 아버지 김연창과 어머니 박세창의 사이에서 2남 1녀 중 장남으로 태어났다. 아버지 김연창이 구한말 궁내부 활판소에서 일하다가 손가락을 다친 후 이발소를 차려 가정의 생계를 이었다. 하지만 급격히 가세가 기울었고 이상은 4세 때 총독부 상공과 기술관으로 일하던 큰아버지 김연필(金演弼)의 양자로 들어가 성장했다.

1917년 누상동에 자리했던 신명학교에 입학해 화가 구본웅과 교우를 맺었고 4년 뒤인 1921년에는 신명학교를 졸업하고 동광학교에 입학했다. 동광학교가 보성고등보통학교에 합병되어 보성고등보통학교로 편입했으며, 이후 교내 미술 전람회에서 〈풍경〉으로 1등으로 입상하면서 뛰어난 미술 실력을 발휘하기 시작했다.

이상은 1926년에 보성고등보통학교를 졸업하고 경성고등학교 건축과에 입학했다. 큰아버지의 가세가 기울기 시작하자 진로에 대해 고민하다가 건축과를 선택했던 것이다. 경성고등학교를 수석으로 졸업한 이상은 1929년 조선총독부 내무국 건축과 기수로 취직했다. 그리고 같은 해 일본어 학회지인 《조선과 건축》에 표지 도안 현상 모집에 응모하여 1등으로 당선되기도 했다.

이상은 1930년 《조선》에 장편소설 《12월 12일》을 연재하기도 했으나 본격적으로 문단 활동을 시작한 때는 1931년 《조선과 건축》에 일본어로 창작한 시 〈이상한 가역 반응〉 〈파편의 경치〉 등을 발표하면서부터다. 이어 1933년에 이상은 정지용의 권유로 《가톨릭 청년》에 시 〈1933. 6. 1〉 〈꽃나무〉 〈이런 시(詩)〉 〈거울〉 등을 발표했으며, 건강이 좋지 않아 다니던 기수직을 그만두고 황해도로 요양을 갔다. 황해도에서 돌아온 이상은 종로에 다방 '제비'를 차리고 여행 중에 만났던 술집 여급 금홍을 불러들여 마담으로 앉혔다. 이 무렵 다방 제비에 이태준, 박태원, 김기림, 윤태영, 조용만 등이 출입하여 이상과 교류를 맺기도 했다.

1934년 이상은 구인회(九人會)에 가입해 박태원과 친하게 지내면서 그의 소설 《소설가 구보 씨의 일일》에 삽화를 그려주기도 했다. 같은 해 《월간 매신》에 〈보통기념〉 〈지팡이 역사〉를 발표하기도 했으며《조선중앙일보》에 이태준의 추천으로 국문시 〈오감도〉를 연재하기도 했다. 〈오감도〉는 난해한 내용과 형식으로 당시 문학계에 큰 충격을 주었고 독자들의 강력한 항의로 예정된 횟수의 절반밖에 연재하지 못했다고 한다.

1935년 다방 '제비'를 폐업하고 금홍과 결별한 이상은 카페 '쓰루(鶴)', 다방 '무기(麥)' 등을 개업했으나 경영난을 겪어 연이어 사업을 접었다. 경제적 사정이 여의치 않던 이상은 1936년 구본웅의 아버지가 경영하던 창문사에 취직했고, 그곳에서 구본웅의 누이동생 변동림을 만났다. 같은 해에 〈날개〉〈지주회시〉 등의 소설과 〈지비〉 등의 시를 발표하며 활발하게 작품을 발표했으며 변동림과 혼인을 하고 얼마 후 일본으로 건너가 생활했다. 이상은 일본에서 〈종생기〉〈권태〉〈슬픈 이야기〉〈실낙원〉 등을 발표하며 작품 활동을 이어갔다.

1937년 이상은 사상 불온 혐의를 받고 일본 경찰에 체포되었고 수감 생활을 하면서 더욱 더 건강이 나빠졌다. 결국 같은 해 4월, 이상은 동경제대 부속병원에서 폐결핵으로 숨을 거두었다. 이상의 유해는 변동림이 거두어 미아리 공동묘지에 안장했다고 전한다.

이상은 생전에 작품집을 내지 못했다. 후에 김기림의 주도로 1949년 백양당에서《이상 선집》이 간행됐다. 시뿐만 아니라 소설, 수필 등 다양한 작품들을 만나볼 수 있는《이상 선집》은 이상의 유일한 작품집이라고 할 수 있다. 김기림이 직접 서문을

작성한 이 책은 이상의 대표적인 작품 〈날개〉와 〈오감도〉를 수록했다.

이상은 현실 도피나 초현실주의적 내용을 담은 실험적인 작품을 주로 발표했다. 숫자, 기하학 기호, 난해한 한자와 일본어 등을 사용하여 당시의 국문법을 따르지 않은 이상의 작품들은 내면 의식 세계를 탐구하는 내용을 표현하는 데 탁월한 기법이었다고 볼 수 있다. 이런 이상의 문학 작품은 이상을 우리나라 문학 사상 최초로 자의식 문학의 선구자이자 초현실적 문학의 대표 작가로 자리매김하도록 했다. 요절한 작가 이상은 '한국 현대시 최초의 실험적 모더니스트이자 아방가르드 시인'으로 평가받고 있으며 독자들의 끊임없는 관심과 사랑을 받고 있다.

**1910년** 아버지 김연창과 어머니 박세창의 사이에서 태어났다. 본관은 강릉이다.

**1913년** 경제 사정이 좋지 않은 집안 사정 때문에 큰아버지 김연필의 양자가 되었다.

**1917년** 누상동에 위치했던 신명학교에 입학했다. 이때 화가 구본웅을 만나 교류했다.

**1921년** 신명학교를 졸업하고 동광학교에 입학했다. 이후 다니던 학교가 합병되어 보성고등보통학교로 편입했다. 편입 후 교내 미술 전람회에서 〈풍경〉으로 입상하며 뛰어난 미술 실력을 발휘했으며 우수한 성적으로 학교를 다녔다.

**1926년** 보성고등보통학교를 졸업하고 경성고등학교의 건축과에 입학한다.

**1929년** 경성고등공업학교 건축과를 수석으로 졸업하고 그해 총독부 내무국 건축과 기수로 근무하다가 영선계로 자리를 옮긴다. 같은 해에 조선건축회지 《조선과 건축》에 표지 도안 공모에 1등으로 당선되기도 했다.

**1930년** 《조선》에 장편소설 《12월 12일》을 '이상(李霜)'이라는 이름으로 연재했다.

**1931년** 《조선과 건축》에 일본어로 창작한 시 〈이상한 가역 반응〉 〈파편의 경치〉 등을 발표하며 본격적인 문학 활동을 시작했다. 조선미술전람회에 〈자상(自傷)〉으로 입선하기도 했다.

**1932년** 큰아버지 김연필이 사망했다. 같은 해 《조선》에 〈지도의 암실〉을 발표했다.

**1933년** 《가톨릭 청년》에 시 〈1933. 6. 1〉 〈꽃나무〉 〈이런 시(詩)〉 〈거울〉 등을 발표했다. 악화된 건강 때문에 기수직을 그만두고 황해도로 요양을 갔다. 요양을 마치고 이상은 종로에 다방 '제비'를 차렸다. 이때 이태준, 박태원, 김기림, 윤태영, 조용만 등과 교류했다.

**1934년** 구인회(九人會)에 가입해 박태원과 친하게 지내면서 소설 《소설가 구보씨의 일일》에 삽화를 그려주기도 했다. 같은 해 이태준의 도움으로 〈오감도〉를 《조선중앙일보》에 연재했으나 난해한 내용으로 독자들의 항의에 연재를 중단했다.

**1935년** 다방 '제비'를 폐업했다. 카페 '쓰루(鶴)'와 다방 '무기(麥)' 등을 개업하지만 경영에 실패했다.

**1936년** 구본웅의 아버지가 경영하던 창문사에 취직했다. 구인회 동인지인 《시와 소설》의 창간호를 편집했다. 단편 소설 〈지주회시〉 〈날개〉를 발표하면서 문단의 큰 관심을 받았다. 같은 해에 구본웅의 동생 변동림과 결혼하여 일본으로 거처를 옮겼다.

**1937년** 일본에서 생활하며 〈종생기〉 〈공포의 기록〉 〈권태〉 등을 발표했다. 그러던 중 사상 불온 혐의로 수감 생활을 해야 했다. 건강이 더욱 악화된 이상은 보석으로 풀려났지만, 같은 해 4월 동경대학 부속병원에서 사망했다. 변동림이 유해를 거두어 미아리 공동묘지에 안장했다.

**1949년** 김기림의 주도로 작품집 《이상 선집》이 백양당에서 간행됐다.

# 이상 선집

**1949년 백양당 오리지널 초판본 표지디자인**

초판 1쇄 펴낸 날 2025년 3월 28일
초판 3쇄 펴낸 날 2025년 12월 30일

지 은 이  이상
펴 낸 이  장영재
펴 낸 곳  (주)미르북컴퍼니
자 회 사  더스토리
전   화  02-3141-4421
팩   스  0505-333-4428
등   록  2012년 3월 16일 (제313-2012-81호)
주   소  서울시 마포구 성미산로32길 12, 2층 (우 03983)
E-mail  sanhonjinju@naver.com
카   페  cafe.naver.com/mirbookcompany
S N S  instagram.com/mirbooks